如雷声滚过天穹

江野 著

北京日报出版社

图书在版编目（CIP）数据

如雷声滚过天穹 / 江野著. -- 北京 : 北京日报出版社, 2022.1

ISBN 978-7-5477-3994-5

Ⅰ. ①如… Ⅱ. ①江… Ⅲ. ①小小说—小说集—中国—当代 Ⅳ. ①I247.82

中国版本图书馆 CIP 数据核字（2021）第 112639 号

如雷声滚过天穹

出版发行：北京日报出版社
地　　址：北京市东城区东单三条8-16号东方广场东配楼四层
邮政编码：100005
电　　话：发行部：（010）65255876
　　　　　总编室：（010）65252135
印　　刷：三河市嵩川印刷有限公司
经　　销：各地新华书店
版　　次：2022年1月第1版
　　　　　2022年1月第1次印刷
开　　本：880毫米×1230毫米　1/32
印　　张：7.5
字　　数：168千字
定　　价：49.80元

云南小小说代表作家江野

（代序）

◎ 凌鼎年

江野，我文友，哪年认识的，怎么认识的，已记不真切了。但有些年头了，属老朋友级别。记得前几年我应邀到云南临沧参加亚洲微电影艺术节，在昆明逗留时，他特地来看望我，我俩促膝长谈，切磋交流，留下美好记忆。

江野目前定居在云南昆明，是云南最早写小小说的一茬作家，也是云南写小小说很有成绩的一位作家，这本《如雷声滚过天穹》系江野的第三本小小说集子，且与前两本没有一篇作品重复。不玩魔方式编集，不以此欺世盗名，是个实诚的作家，值得敬重。

他 1991 年就获过全国小小说大奖赛的奖，至今已发表过三百多篇小小说，获过多个小小说奖，说江野是云南小小说作家的代表性人物，应该不算溢美之词。

如今的江野说着一口地道的昆明官话，我开始以为他是昆明土著，其实不然，他祖籍山东邹城，系孟子的家乡，一个文化底蕴极为厚实的历史文化名城。我曾经去过，写过，著名的“孟母三迁”就发生在那里。我不知，江野在邹城老家还有没有什么亲戚，但一定不止一次去过，受过孟子文化的熏陶与洗礼。说起来孔孟之道是一种组合，实质上孟子的理论更与现代文明接轨。

看了江野的介绍，我才知道，他真正的出生地在连云港，与我都是江苏的，可算半个老乡。连云港我去过多次，是东夷族群的居住地之一，七八千年前就有我们的先人在此生活。孙中山的《建国方略》中，把连云港列为未来东方大港。如今的连云港，与我家乡的太仓港，一北一南，组合成江苏海上运输的两翼。

因了小小说为媒，我与江野成了朋友，因为写序，又知道了他在连云港生活过，而我在连云港附近的徐州大屯煤矿工作过二十年，越来越近了，有时世界就这么小，只能说一个缘字了得。

江野的这本集子，基本上都是现实主义的作品与写法，用时下的话说——接地气。也就是反映现实，反映民生。

有句老话谓之世界之大，无奇不有。江野的《聚会》就印证了这句老话。我也算走南闯北、人脉关系宽泛的人，因为写作的需要，三教九流的朋友都有点，饭局也不少，“劈硬柴”(海外叫“AA制”)的也有，但像江野描写的以组织同学聚会、战友聚会，借机敛财的，在最亲近的人身上揩油，还是头一次听说。

文中这个叫桑洪的，虽然不是大奸大恶之人，但让人小看，或者说让人鄙视，他辜负了同学对他组织饭局的赞美、感谢。江野笔下的桑洪，是个小人物，芸芸众生中的一个，但确系文学的“这一个”，能写出“这一个”就是一种成功。

江野是当过兵的，1965年的兵，南京军区的，而且他所在的部队就在苏州境内的大茅山，离我家乡太仓也就几十公里，越说越近了。当过兵的往往有部队情结，这篇《桃花荷包》就是军队题材，与他军旅生涯的记忆、情感不无关系。平心而论，在江野的作品中，这篇是有特殊分量的。讲的是中华人民共和国成立初期，发生在青藏高原上的故事，写得很克制，叙述很平静，但读来却惊心动魄。文中穿插了沈副连长未婚妻邱莎莎来部队完婚的小插曲，使得一篇军队题材的小说有了爱情的成分。最后兴冲冲而来的邱莎莎，见到的是沈副连长的遗体，喜剧顿成悲剧。明末清初哲学家、教育家王夫之在其《姜斋诗话》中说过："以乐景写哀，以哀景写乐，一倍增其哀乐。"套之，很合适。

从小说情节来说，为了把红旗高高地升起在青藏高原，去砍伐最直最挺拔的树，而导致牺牲了自己的生命，自然是充满正能量的。未婚妻的哭声也足以让读者动容，但文中有一处语焉不详，即打死沈副连长的是西藏叛乱分子，还是护山的普通藏民？既然文中称之为敌人，那就不是误会，最好交代清楚，免得读者瞎猜。

另外，《桃花荷包》这题目似乎与铁血的题材反差大了些，可以考虑改为《为了让红旗高高飘扬在青藏高原》或《情断青藏高原》。仅供参考。

集子中有一组《工厂人物速写》，写了厂长、女销售员、后勤科长，作品写得如何姑且不论，首先对江野关注工矿企业、书写工矿企业要点个赞。我曾经在煤矿工作过二十年，最近刚应邀参加了大屯煤矿建矿五十周年的庆典活动，故对工矿题材有一份特殊的情感。但据我所知写工矿题材的文学作品越来越少，有识之士已察觉到这种倾向，广东在举办"顺德杯"工业题材短篇小说创作大赛，福建在举办工业题材微电影大赛，江野可以去参赛。

《卜迁》是历史题材，在江野大量的现实作品中算是特例，历史题材最好具备两个基本条件，一是事件、地点不能搞错，二是故事要符合当时的历史走向。

《卜迁》的一号人物是邾国国君邾文公，次要人物是臣僚。事情的起因是国都的搬迁，矛盾也在于此，国君与臣僚的意见相左。

臣僚与占卜的意见都是：迁都利于民而不利于君。如果是昏君、庸君一定是不迁都，但没有想到邾文公坚持迁都，说有利于国民就迁！最后，在迁都后，建设新都城时君主邾文公去世，应了谶语。邾文公也算死得其所。邾国百姓之幸也。

历史题材的微型小说，能写到这份儿上，算得上好作品。

江野很会发现题材，挖掘题材，构思题材。当然，如果视野再开阔些，题材再拓展些，立意再深远些，那就更上一层楼了。

2020 年 10 月 3 日于太仓先飞斋

凌鼎年，中国作协会员、世界华文微型小说研究会会长、作家网副总编、亚洲微电影学院客座教授、美国纽约商务出版社特聘副总编、香港《华人月刊》特聘副总编、美国小小说总会小小说函授学院首任院长。

目 录

心灵感应

“丁零零零……”

他的手机响起来。

他似听到非听到的。他在睡梦之中。

“丁零零零……”

他一骨碌爬起来，抓起手机。

“小刚，什么事啊？”

“爸爸，我没带白卡，二门进不去了。”

“好的，我下楼去给你开。”

他穿衣下床，拿上白卡就下楼去。

他们住的院子是两进院，一进院的大门有保安值班，二十四小时全都开着。二进院的小门就不是这样了。到了夜里十二点就关门闭户，之后忘带白卡的住户就进不来了。二门是电子门，白卡按上小门才会开启。

“爸，都两点多了你还没关手机啊？”进得门来边走小刚边说道，“家里座机拆了，我还以为进不来了呢！”

他说：“我知道儿子没带白卡，所以就没关机！”

“知道？你怎么知道？”

他边走路边说道：“刚刚，你这就不知道了，我们俩什么关系？父子关系！父子之间有心灵感应！”

“我是换了件衣服才忘带的呀——您也知道？”

“知道，有心灵感应嘛！”

“说双胞胎有心灵感应，父子之间也……”

他笑笑说：“有的父子也有，可能少一些吧？”

儿子说：“那前两次您也是因为有心灵感应？”

“是啊，当然是了！”

二十三岁的小刚从外地大学毕业回拓城后已有两次半夜以后打来电话了。

“哦！”儿子半信半疑地哦了一声。

“以后早点回家，都这么晚了。”他小声地又说了一句。

“好的爸爸，以后注意。”儿子说道。

“以后注意”四个字，年轻人说得倒容易，嘴一张就出来了。可对于儿子来说做起来难度很大。

小刚自大学毕业步入社会，就有个很晚回家甚至夜不归宿的毛病。也不光小刚，他的一波朋友也有这臭毛病，现在的年轻人也不知怎么了。

大概十天后的一个夜晚吧，他的手机又“丁零零”地响起来。

他又一次从梦中惊醒。

“喂，小刚，又有什么事啊？”

“不好意思了爸，我钥匙开不开家门，你们把门反锁了。”

他起床把门打开后，儿子小声跟爸爸聊了几句——他们怕影响身体一直欠佳的妈妈。

儿子说：“爸，您怎么又开着手机睡觉？我很担心今天进不来！”

爸爸说：“又忘记了，父子间存有心灵感应不是？”

儿子说：“那您为啥还反锁门啊？”

他答道：“你不是说不回了嘛！”

“对呀！我说在朋友家住，后来情况有变我临时决定回来，您为啥还开手机呀？”

“心灵感应这东西很说不准，说来就来说不来就不来，神出鬼没的。”他笑着说道，“比如先前，反锁门时它没有来，爸爸到卧室时它竟神出鬼没地又来了……”

小刚虽然应了一句，可心里还是甚感疑惑。

有那么玄的事情？小刚想着。

又是十几天过去。

一天晚上，儿子对老爸说：“老爸，晚上我没什么聚会，今晚我就在家里睡了。”说完转身就进了自己房间，并把门关上。随即老爸也进屋就寝。

其实儿子晚上是有朋友聚会的。要到拓都跟朋友同学喝扎啤、跳劲舞，去疯。约莫老爸睡着了，他便悄悄把房门打开，又带上，然后蹑手蹑脚地去把家门打开。到门外后用钥匙转动门锁，关上门后又轻轻放锁拔钥匙。整个过程没发出一点儿声响。

凌晨两点多钟，小刚离开舞厅来到一安静处，按下了老爸的手机号码。很快，手机里就响起了一个女子清脆的声音：您所拨打的电话已关机。

夜好静，女子的声音好清晰。

这声音震颤着他的心弦。

他一切都明白了。

他的眼泪控制不住地流出了眼眶……

原载《云南经济日报》2019 年 3 月 4 日

《小小说选刊》2019 年 14 期选载

聚　会

有人喊我。

在拓城的大街上。

我正在大街上行走的时候，后边突然就有一个男子的声音传过来。

“鲁民——”

我回头一看，是桑洪，高中同学。

桑洪气喘吁吁地说：“你小子走得好快，给我紧赶慢赶的。”

我跟桑洪同岁，今年都四十有五，高中毕业距今整整二十六个年头。

我说：“怎么了？有事啊？”

“算你说对了，还真有个事！”

“什么事？”我笑望着老同学。

桑洪说：“我想邀约咱们在拓城的高中老同学们聚一聚，集资在宾馆吃顿饭，乐和乐和，你说可不可以？”

“可以啊！这有什么不可以的。”我好像突然又想起了什么，说，“桑洪，这事你写几个字在咱们高中群一发，不就成了嘛！”

“是的，”桑洪说，“这我想过了，我只是想先问问你，看你会不会不愿意。窥一斑而知全豹嘛！”

“愿意，不光愿意，还得谢谢你，你桑洪把大家邀约在一起，说说笑笑，叙叙友谊，同学们肯定会感谢你！”

有了我的话，看来桑洪就有了自信了，当晚，我在高中群就看到了桑洪的倡议书。看来同学们都挺乐意，当时不少人都跟了帖。有的说完全同意双手赞成；有的写道，感谢桑洪，绝对参加；有的跟帖是，好机会，看看同桌的她，后边还跟了三个笑脸和三个感叹号。

群里的三十九人有三十个人报名参加。

感受得到同学们渴望相见之心情。

聚会的时候到来了，这天下午的五点来钟，身着盛装的男女同窗们就陆续来到订好的酒店。酒店虽档次不怎么高，属三流档次，但卫生条件不错，餐厅布置得清雅而得体，三个大圆桌上都摆放着一小盆普通档次的真花，酒店大门口还立有一方写有“高中同学聚会请上三楼”的指示牌。

聚会开始，同学们推杯换盏、觥筹交错，好不热闹好不欢愉。小屏幕上还播放了一首名叫《老同学》的歌，男生大沈也自告奋勇唱了一首《一支难忘的歌》，气氛达到了高潮。

那天，我跟桑洪刚好坐在一起，桑洪激情满怀地跟我讲了许多话。

他说，现在世态炎凉，人际关系淡漠，所以我就想把同学们邀约起来，热闹热闹，联络联络……

他说，他现在有八九个群，小学的一个；初中的一个；高中的一个；大学的一个；部队的两个，一个是当兵时期的，一个是提干到机关时期的；还有社会上的两个。有的是别人把他拉进去的，也有他自己建立并当群主的。

桑洪说得激情四射，桑洪说得唾沫乱飞……

桑洪说，他已成功举办了五次聚会，今天的是第六个。他打算，像小学、初中、高中的，每年可举办一到两次，大学、部队这种全国性的，两年可以举办一回……

桑洪说，有的同学朋友还表扬他，说他给大家做了一件大好事，表示感谢……

桑洪正说着，还真有人向桑洪表示感谢了。

是一个女同学。

这个女同学站起来说："同学们，桑洪同学为我们做了一件十分漂亮的事情，让我们以热烈的掌声向他表示由衷的感谢！"

三张大圆桌旁掌声四起……

可是，三天以后情况出现不妙。

聚会第三天，我在拓城的大街上巧遇到大沈。

大沈一见到我劈头就说："鲁民，情况不妙！"

"怎么了大沈，慢慢说。"我递给他一支香烟。

大沈说："同学聚会每人给了两百元对吧？"

"是啊，怎么了？"

"我跟酒店老板的表弟是朋友，本来不知道的，昨天碰见他时才知道，那个酒店的老板是他表哥。"大沈狠抽了一口烟后说，"我朋友说你们聚会可真够节约的，他表哥告诉他每桌才四百元标准。"

大沈说："你算算，每人两百元，三十人当然就是六千元。每桌四百，三桌自然是一千二，鲁民你看，桑洪私吞了四千八百元。"

我赶忙说："不对吧，那还有播放机和楼下的指示牌呢！"

"那能值几个钱?"大沈恶狠狠地说道，"最多不过三百元!"

"还有，"大沈接着说，"昨天我接到一个大学同学的电话，这个同学在部队跟桑洪是战友，这个我原本就知道。同学说，桑洪前不久搞了个全国战友成都聚会，说桑洪少说吃了也得有一万元。”

大沈说，他们是自行坐车到会场报到，只吃两顿宿一夜，食宿又不算贵，桑洪却让四十个战友，每人交四百。

大沈说，听说他明明吃了一万多元，却说自己还倒贴了三百元……

大沈还在义愤填膺地说着，我默默地掏出手机，点开微信，悄悄从同学群里退了出来。

原载《小说月刊》2019 年 10 期

《微型小说选刊（金故事）》2020 年 2 期选载

投 票

有一天，忽然就有一个要求添加好友的请求从陈刚手机上传出来。

因为陈刚跟这位男士只是普通的同事关系，两人退休后没有什么往来，所以陈刚就有点不想添加。可是没过几天，那人又有一个添加微信的请求传过来。陈刚还是不想加他，一是因为他们并不是朋友，只是淡而无味的退休同事关系而已；二来因为当下微信也太多了，什么微信群，什么私人微信，还有各种名号的个人或机构的微信，未经允许也会莫名其妙地从他手机上冒出来。一天到晚忽闪着，真是够劳累，够应接不暇。还是少一个是一个吧，陈刚决定不加他的微信。

不想第六天上午，这个人不知疲倦地又发来了请求。甚至还发来了一个“我是 ×××，加我一下”的短信。

看来不加是不行了。

好吧好吧，加你就加你一下吧。于是陈刚按下了添加的按钮。

孰知，三天的光阴尚未过完的时候，这个老兄就通过微信发来了一张图片，上边有一棵大树和一个太阳。

紧接着他又传过来一个几行字的字帖。上面写道：陈刚你好，这是我七岁的小外孙女画的，期待你的投票，给予助力。外孙女很期待的哟！

原来是为了这个。

陈刚心里就有一些不舒服。

陈刚朝画上瞟了一眼，感觉这幅画非常一般，最多是个中等水平，甚至还有些偏下。

陈刚就觉得这个票不太好投了。

投吧，此画水平显然达不到，投票总应该是投给稍好一些的吧？不投吧，人家都开口了，再说了，总还有同事关系在里面呀！

怎么办呢？

陈刚有点无所适从。

晚上再说吧！陈刚这样在心里说。

晚九点半，陈刚坐在沙发上，正准备好好想想这个问题的时候，同事又发过来一条微信：怎么样啊老同事？投了没有啊？小朋友可是很期待呢！

看来这个微信很起作用，特别是里面的“小朋友”三个字。陈刚没有再犹豫，长按了二维码，给这幅画投下了一票。

没想到的是，就在他投下去这一票的当儿，不早不晚，同事又发过来一条信息。这时间准得如同神机妙算一般。上面写道：老同事，一人不只一票，每人有五票的权利，再给小朋友投一下剩余四票。

陈刚笑了笑，顺手就又行使了余下四票的权利。

投完之后，陈刚邀功一样地写了“投票成功”四个字发过去。

这时的陈刚如同卸下一副担子一样，深嘘出一口气来……

谁也不会想到，同事于次日晚间亲密朋友似的给陈刚热情洋溢地打来了一个电话：老同事你好，我跟你说一下情况……

同事的电话概括一下应该是这样的：此次活动共投票十

天，陈刚是第二天开始参与，还有八天的投票时间，万望老朋友高抬贵手，善始善终，满足小朋友的殷殷期待。

放下电话，陈刚好比吃下了一只大苍蝇，实在是不舒服。

怎么办呢？想了一会儿，陈刚的主意跳上心头——来它个五五开，打对折吧！

就是说，余下的八天陈刚决定投四天空四天……

就这样，陈刚先生经历了九天的曲曲折折，大功总算告成。

评选速度很快，仅用了三天时间，获奖名单就在选手群里公布出来了。经历了像打仗一样的过程，这位同事家的小朋友获得了十个三等奖的最后一名。

开颁奖会的时候，受到同事邀请的陈刚也参加了隆重的颁奖大会。

颁奖会结束后，当然就是参观画展了。

展览室里，陈刚细细地观看着……

可是在参观到三十几分钟的时候，蓦地就有个问题闪现在陈刚的脑海里了——获得名次的画作多数水平一般，甚至有几幅挺差，而没获奖和优秀奖里面倒有一些画得不错，植物画得清新多姿，小动物画得活灵活现。

陈刚问老同事的时候，老同事支支吾吾的，当然不好作出回答。

过了一会儿，陈刚又问同事："三个一等奖的画，我看也不比你家小朋友画得好嘛，你家小朋友怎么就没得个一等奖呢！"

这时，同事有点激动地答道："咳！你不知道人家的爸爸都是什么身份，这三个孩子的爸爸，两个是大领导，一个是管理好几百号人的大老板……"

街头见闻

冯七到街上办事。

说得具体一点，就是去商店买衣服。

冯七弯来绕去都逛了十几个服装店了，仍未选中一件能凸显自己气质的衣裳。

冯七当然要继续逛街买衣服。

可在他要去下一个服装店时，却发现了一个状况：前面黑压压的人群里三层外三层围成了一个圆圈。

冯七自然就前去观看了。

这一看不要紧，冯七发现在里三层外三层的圆圈里有一个昏死过去的中年男子正趴在冰凉的水泥地面上。

看那人脸朝下，紧紧地贴在地上，一动不动，看上去，是一个死人无疑。

冯七转脸一望，那人不远处正有一辆铁质胶轮三轮车，胡乱地停在那里。

冯七近前一看，车上有一张打了字的白色打印纸用小铁丝拴着挂在车斗里，被风吹得摇摇晃晃的。

冯七弯腰伸头看过去，上边这样写道：

本人有病，有时会昏死在地上，如路人见到请把我拍醒。万分感谢！我绝不会讹钱！

看了字条，冯七当然就动了恻隐之心。可转念一想，不对，他虽是这么写，谁知道他内心怎么想，这要是他行骗的手段那怎么办？再说了，即便他写的全真，可到时他突生歹意也未可知……

想到这里，他迈出去的脚又立即退了回来。

冯七扫视了一下周围的人：有的面面相觑，有的神色紧张，有的静静观察……

黑压压的人群里一片寂静……

这就凸显出远处的喧闹。

冯七对眼前的一切太熟悉了，不管是在电视屏幕上还是在现实生活中。去年，冯七光在大街上就碰到过三次类似的场面。人们有的匆匆而过；有的仅仅驻足相看，宛若隔岸观火……想到这里，冯七便作出了即刻撤退的决定。

可就在冯七转身欲走的当儿，一个妙龄女子令他又转回了身体。

女子二十八九岁的样子，有点清秀。

女子往前挪了一步，但霎时又退了回来，两三秒钟后又慢慢地走进了圈子，在男子身旁弯下腰来。面色微露紧张。

全场一片静寂，不见一丝声响……

群众都屏息静气，眼光投向妙龄女子。

女子抬起右手，似乎犹豫了一下，最后还是果断地拍向了男子的脸。

十几秒钟过去后，男子苏醒了过来。

男子一脸呆痴，面色蜡黄。

人群中有一男人见三轮车内有个塑料瓶，说："问问他喝不喝水？"

"我这里有矿泉水！"对面一女人快速说道。

人群中的冯七还插了一句："问问吃不吃面包？"

人群开始热闹了起来。

原载《微型小说月报》2019 年 11 期

《喜剧世界》2020 年 3 期选载

信访办的门

这天下午，局一楼大厅内，一个七十岁左右的老太太，吵架般在那里吼叫，很气愤的样子。

老太太花白的短发，中等个头，身子有点单薄。

老太太说起话来中气十足，大厅内和不少楼层恐怕都能听得到。

老太太的话很具特点，这些话是年轻人嘴上很少用的：

“你们贴在墙上，挂在嘴上，就是不落实到行动上。”

“上边的政策是不错的，就是你们这最后一公里，中央不愧为中央，明察秋毫！”

“你们一杯茶一支烟，一张报纸看半天，就是不把老百姓的事放在心上！”

“我孙子被人打了，谁对谁错明摆着的，你们就不给解决。”

“我来了三次，一楼的信访办都是锁门闭户，你主任也不从二楼下来，我上去保安又不让我上！我是老虎吗？”

穿堂大厅里，路过的人行色匆匆。在这是非之地，有点阅历的人谁都不会在此地逗留的。

楼梯口人倒不少，六个保安“兵”分两侧在楼梯口把守，不准老太太上楼。

据说事情是这样：老太太是局属一煤矿的退休工人。矿上常有一堆一堆的煤炭装车皮，运往外地。装车后会有未装净的残物遗留在空地上。那天，老太太的孙子张民，打扫完“战场”，装了两辆三轮车卖给附近农民。这下就得罪了矿长的儿子高武。刚从外地打工回矿的张民，哪里知道这全矿煤堆的残留物早属于高姓人家。

听说那天打得很厉害。高武见自家的地盘被别人抢了先，气不打一处来，就去找张民理论。当张民刚说完一句“矿上的残煤谁都可以扫”，膀大腰圆的高武“啪啪”两个耳光就扇了过去。张民刚要还手，高武红着眼就凶狠地打向对方。他拼了全力将张民一脚踢倒在地，又过去在对方的后背和双腿上乱跺乱踹，后又骑在张民身上双手猛击其头部。致使张民五根肋骨骨折，后脑严重脑震荡。

可是任凭老太太在那里大喊大叫，整个事件就是不见“水响”，保安仍然不让她上楼，楼上也不见有什么人下来。

老太太讲累了，就顺势坐在旁边的沙发上休息。

大厅内顿时安静了下来。

院子里一个人的手机响了。

“喂，李局！”年轻人举起手机。

“人走了吗？”

“在沙发上坐着呢！”

“要不我下去一下？”

“绝对不能下来！她正在气头上，她要是抓你扯你……”

“我也这样想……”

大厅内复归于安静。

老太太和保安之间，双方相安无事。

这当儿，院子里开进来一辆黑色小轿车。小轿车内下来一个身穿黑西装、脚蹬黑皮鞋的五十岁上下的中年男子。

男子进入大厅感到很惊讶。

约莫用了三分钟，向保安和老太太问了一下情况后，坐电梯径直朝六楼而去。

一个月以后，局领导班子进行了大调整。中年男子那天是以新任命的副局长的身份来局里报到的。他说来时不搞欢迎仪式，不惊动局里职工。

他的姓氏是百家姓里的第一个姓——赵。

到任第三天，赵副局长就派人到老太太所在煤矿暗访，听到的情况是一边倒：一、矿长极端霸道，拿着六十万年薪，五个堆煤的地盘还不放过。二、张民被高武打是事实，打得挺重，至今仍在住院。三、李副局长兼任信访办主任。局长、李副局长、矿长属“一条龙”管理，外人针插不进，水泼不入。四、几年来，上过访的人都说，局一楼信访办公室的门，一年四季都关得严丝合缝，形同虚设。

赵副局长向省委组织部反映，经组织部调查，情况属实。省里快速作出组织决定：局长、李副局长和矿长撤职，赵副局长升任局长，兼任信访办主任。

从此，局信访办公室的大门，天天洞开……

原载2018年第五届“光辉奖”世界华文法治微型小说大赛精品选《天网恢恢》

飞　翔

赛场上人欢马叫，好不热闹。

正在举行的是全国风筝大赛，经过层层选拔，各地顶级选手才会出现在 W 城的这个赛场。

赛场设在郊外的原野上。

赛场上的画面很具有吸引力。原野上长满了青草，有的地方有低矮的灌木丛和小片的庄稼地，一片碧绿。赛场的西边满开着金黄色的油菜花，南边大片的土地上开着五颜六色的鲜花。场地的旁边飘动着缤纷的小彩旗；有的地方漫卷着鲜艳的大红旗。

赛场上气氛热烈，欢声笑语遍布全场。

男子组冠亚军决赛就要开始了。场子里人们的说笑声小了许多。

参加决赛的两人中有一名残疾青年。

这个残疾青年吸引了人们的眼球。

年轻人名叫丁强。丁强是个很帅的小伙子，眼下才刚满二十五岁。一米八的个头，好看的瓜子脸，一大蓬漆黑乌亮的头发，两眼炯炯地放着光芒。遗憾的是小伙子是个小儿麻痹症患者，是母亲生产时难产造成的结果。父母常常以泪洗面。

丁强高中毕业后很是茫然了一段时间，当时不论干什么都没有兴趣，一天到晚足不出户，基本上就是个宅男。

是网络拯救了他的心灵。

一天，丁强在网上发现了风筝比赛的事宜。他觉得那如同一道明亮的闪电划过他的心田——丁强决定进行放风筝训练。当时，自己的心灵已像风筝一样在苍穹飞翔起来，甚至就要成为国内技压群芳的高手了。

丁强的训练是艰难的。

丁强训练时十分刻苦。不论酷暑无论严冬，丁强都跟着父亲到郊区那个场地里去训练。早上沐着晨雾乘公交车出发，晚上顶着星星坐公交车归来。早点是妈妈做的热腾腾的面条，中饭是就着风啃咬的馒头。父亲教他怎么放线怎么收线，如何升得高，如何不让天上的风筝掉下来。风筝在顶风里越飞越高的时候，丁强就快速地放线，在忙乱中他有时会从轮椅上掉下来。但是他不怕——他的心已随风筝飞上了高空。他迅速从地上爬起来，再回到轮椅上去。

有时丁强也会沮丧，甚至想到放弃。但是他还是坚持了下来，放风筝的技术也越来越高。放风筝的过程中，由于心情愉快，丁强竟能脱离轮椅站立并可以歪歪扭扭地行走了。

今天，丁强穿上崭新的黄色条纹运动衣裤，小伙子显得格外精神帅气。

此次比赛的规则是选手同时参赛，据分数多少决出名次。

决赛之前，丁强参加了四分之一决赛和半决赛，每次都进行得惊心动魄，而他每次都化险为夷，涉险过关。

丁强曾有一个女朋友，女朋友是他高中同学，丁强很喜欢她，视她为自己的生命。可是后来女朋友还是离他而去了，丁强难过得揪心。

比赛正式开始。

出场时丁强略显紧张，以致放飞后操作不慎，风筝从高空快速降落。丁强边卷线边往后退，可风筝还是一头栽到了青草地上，丁强失败，比分 0 比 1。

第二局开始，丁强和那个四十多岁的汉子很快就将风筝放飞到了高空。丁强谨慎又放松，尽量控制紧张的心情。最后以八十度夹角得十六分高出对方两分赢得胜利：1 比 1。

后两局又打成平手，成绩变为 2 比 2。

关键的决胜局第五局开始了。两位运动员很快就把自己的风筝放飞到了万里蓝天。丁强全神贯注地放飞着自己制作的画着雄鹰图案的风筝，放线、收线一丝不苟。此时的丁强基本放松下来，他几乎把比赛当作了一次表演，他觉得自己就是那只在蓝天里翱翔的雄鹰，在苍穹之下自由自在地飞翔着……

这次丁强的放飞太成功了——风筝飞得很高，线与地面的夹角几乎成了八十五度，在留空区停留的时间也很长。

然而对方这次放飞得也很成功——风筝飞得高，留空时间长，空中效果好……

现在的丁强已处于忘我状态。你看他张弛有度，收放自如，虽是残疾身躯，可灵活程度一点儿不亚于对方。

场子里两人的水平不分伯仲……

这种情况很是难住了赛场的裁判员。

裁判长宣布成绩时，全场一片寂静。在一片寂静中裁判长念出的分数是 3 比 2，丁强以一分优势险胜对手……

赛场上，人们为丁强获得冠军爆发出一阵雷鸣般的掌声和欢呼声……

“丁强——”一个姑娘的清脆响亮的声音。

丁强转过身来，发现是他原来的女朋友，心中激动万分。

当小伙子还没完全反应过来的时候，小姑娘已冲过来紧紧抱住了他，并在他嘴上印了一个飞快的热吻。

见状，场地上又爆发出一阵雷鸣般的掌声和欢呼声。

此时，丁强更加激动起来，全身已经是热血沸腾。赛场上的彩旗似乎更加缤纷；原野上的鲜花也似乎更加鲜艳灿烂起来。

原载《微型小说月报》2020 年 7 期

领奖归来

七十岁的作家字心，从杭州领奖回到拓城，决定在拓城举办一个庆贺会。

字心获得的是冰心文学奖，说得具体一点是冰心奖最佳散文集奖，是他的一本名为《燃烧的云霞》的散文集获得了这一含金量颇高的国家级文学大奖。

酒会虽然是在一家普通的酒店举办，但办得很上档次。酒店大门外立有一方又高又宽的“字心获奖庆贺会”的海报。进门登记时人手一本《燃烧的云霞》和印有字心创作成就介绍及照片的精美小册子。舞台布置得也很有档次，具有浓浓的书卷之气。

字心是一位很有成就的短篇小说和散文作家。四十多年来，一直利用业余时间奋笔写作，出版了二十多部文学作品，终于获得了国家级大奖，终于修成了正果……

作家字心一共请了十几桌酒席，被请的人中，有他的同学、老师、文友、家人、亲戚、同事……一百多位身着盛装的客人济济一堂。酒宴上，人们欢声笑语，好不喜庆，好不热闹……

庆贺会开始了，年轻漂亮的女主持人首先把字心请上台来，而后富有感情地宣读字心的创作大事记和写作成就。作家取得的成绩，激起与会者一阵又一阵热烈的掌声。

两名女青年向字心献花后，按照议程安排自然是庆贺会的主角讲话了。

字心首先上前一步，深深地向客人们鞠了一躬，接着真诚地对客人们的到来表示诚挚的感谢！然后激动地、满怀深情地说道：“朋友们都说我成功了，修成正果了。现在我要说的是，如果我算是成功了的话，那么，今天我就要告诉各位，我的成功与一个人有极大的关系，可以说是决定性的关系。”

听了他的话，十多个大圆桌前的亲友们面面相觑，不知其所指。

接着字心说，这个人我也请到了现场，现在他就坐在某一个大圆桌旁。

他的这句话，更是让大家摸不着头脑，不知道这位客人究竟是谁。于是又是一番面面相觑。

这时字心点名了，字心说：“这个人就是我高中时期的班主任高诗君老师，现在让我们以热烈的掌声欢迎已九十岁高龄的高老师上台——”

这时，被掌声请上舞台的高老师，同大家一样，也是一头雾水，不明就里，不知道自己为什么成了字心成功的决定性人物。

很快谜底就揭开了。

只见字心从后边的桌子上拿过来一个很陈旧的硬壳笔记本，翻到其中一页，对高老师说：“高老师，这是您写的字吧！”

不想高诗君一时语塞，断断续续地说：“这个……这个……”

过了十几秒钟，高老师像突然认出了一个亲人般地说道：

“噢……对了……对了对了……是我的字，是五十年前我写给你的字！”

字心又指着下边的落款，正是“高诗君”三个字，高老师这才如梦方醒似的说：“是的是的，五十年前你高中毕业时我给你写的毕业留言，看我这记性！”

字心高高举起打开的笔记本，说：“高中毕业时，我就是用这个笔记本请老师、同学们留的言。高老师的留言也在这些密密麻麻的留言之间。说实在的，随着岁月的流淌，不少留言我都忘记了，可高老师的留言我却一直记在了心里，并激励着我前进……”

说到这里，字心突然提高了嗓门，高声说道：“现在，我就来念一下高老师的留言内容！”

“高老师的留言内容是，”字心激动地大声说道，“愿你变雄鹰，在暴风雨中翱翔！”

紧接着，作家从舞台左侧拿过来一个长方形大镜框，只见他双手将镜框举过头顶，然后说：“这幅画是我四十年前决定从事写作时请一名画家画的，上边的画是一只在暴风雨中搏击的雄鹰，四十年来，我一直把它挂在我的书房中……”

这时，又是一阵热烈的掌声在大厅内响起。

而后，字心从舞台左侧又拿过一个大镜框，同样把它高高地托举在空中，说：“这是上个月我刚刚请人画的，是一位老者在注目着正在疾风骤雨中搏击的雄鹰。现在我打算把这幅画庄重地赠送给我敬爱的高诗君老师！”

台下响起了一片暴风雨般的长时间的掌声……

就在此刻，作家的孙女抱着两大束鲜花上了舞台，向高老师和爷爷献花。

台下又响起一阵热烈的掌声。

就在这热烈的掌声中，作家跟高老师紧紧地拥抱在了一起……

这时，主持人宣布宴会开始。

满大厅的宾客，在烛、灯的照耀下推杯换盏，享用佳肴，都沉浸在一派激动、欢乐的心境之中……

情断高原

1952年年初，进藏部队渡过拉萨河进入拉萨后，部分部队去国界守卫边防。

亚东南面是海拔五千米以上的黑拉山，那里层峦叠嶂，森林茂密，终年白雪皑皑。某连的三号阵地就在这常年积雪的山顶上。

战士的窑洞挖好后，沈副连长明白，当务之急是选三株又高又直的大树做旗杆，赶快把鲜艳的五星红旗在阵地上升起来。

出发前，山下的团部发来电报，说沈副连长的未婚妻邱莎莎已来团部，让他快点下山举行结婚典礼。

沈副连长说："得尽早把国旗在阵地上升起来，等莎莎上来，我俩也好在国旗前合个影，那才好！"

上午，沈副连长一行就上路了。

白雪遍地的山里松树又多又密，也不乏高直者，骑兵班长格桑说："我看这些树就不错，就在这里选上三棵当旗杆就挺好。"沈副连长不满意地说："咱们要选最高最直的，才能把国旗举得更高。"

转过一个山头，他们望见一大片桦树林，翟排长建议，这些树又高又直，可以当作旗杆。沈副连长摇摇头说，桦树虽高虽直，但木质疏松，不好。又过了一个山岗，一大片木质坚硬的青冈树林出现在他们的面前。但考虑到它虽然木质坚硬却不甚高直，也只有放弃。

又走过了三个山头时，山坳里好大一片红松树林令他们个个都眼前一亮。

就是它们了。沈副连长说，红松不光高直材质也结实，是做旗杆最理想的树木了！

格桑拴上马，他们选了三棵最高直的红松，沈副连长从腰间拔下锋利的斧头准备砍伐，忽然发现几棵树上都挂着很新的小木牌，一看便知，是才挂上去不多时的，上面写着汉藏两种文字：红松是神树，砍伐必遭报应。

一种不好的预感从他们心头掠过。

沈副连长当即决定，既是神树，那就不砍了吧！

又转了两个山头，他们发现了跟红松同样高同样直的一大片云杉树。

此时，他们已进入查果拉山的腹地，距三号阵地已经很远了。

黄昏降临了，未见树上挂有木牌，沈副连长一行吃了一些压缩饼干，选了三棵高高的云杉，用锯子、斧头砍伐起来。

“砰”的一声枪响过后，一个手握弓和毒箭的叛乱分子应声倒地。敌人对准的是担任警戒工作的格桑。说时迟，那时快，沈副连长急忙给了他一枪。

“砰——砰——”

沈副连长倒在地上，鲜血从胸前流出来，雪地上一摊殷红的鲜血。沈副连长的左前方，一具敌人的尸体横躺在一株树旁。

……

清晨四时许，团长、邱莎莎一行从山下来到了三号阵地。

邱莎莎身着蓝色的华达呢衣裤，这是她到拉萨时，沈副连长寄钱给她，她在拉萨自己选布料自己亲手缝做的结婚礼服，她看到安卧在灵堂里的沈副连长时，官兵们认为她会失声痛哭。但是没有。她把从家乡带来的自己绣的桃花荷包从身上取出来，像去会初恋情人般地走到沈副连长旁边，双膝缓缓跪下，娇羞地看了未婚夫一眼，把桃花荷包贴在脸上亲了一下后将它慢慢系在了沈副连长的腰带上。

邱莎莎凄楚地笑了笑，轻轻地说："沈哥，俺总算见到你了……俺是你的人啊！"

官兵们个个泪如雨下，泣不成声。

一个女记者再也控制不住自己了，她过去抱住邱莎莎，大哭着说："莎莎，你别这样笑了！把你八年的相思，痛痛快快地哭出来吧！"

邱莎莎愣了一下，她仿佛突然从幻觉中醒来，张开双臂，猛地扑倒在沈副连长的遗体上，号啕大哭起来……

追悼会开始了。

这是世界上最圣洁的灵堂。洁白的帐篷内安放着沈副连长的遗体，满山的雪莲花是志哀的白花；帐篷左右肃立着两排身穿黄军衣、胸佩洁白雪莲花的边防战士。

追悼会上，悼词对沈副连长光荣的一生作了崇高的评价……

在官兵们举手向迎风猎猎的国旗和沈副连长敬礼时，仿佛边境的重重雪山也列队肃立，参加了追悼会。

按沈副连长的遗嘱，烈士的遗体安葬在三号阵地上。

下午，团政委、邱莎莎一行就要下山了。向烈士墓告别后，他们来到了国旗前。这面用烈士的鲜血染红的国旗在五千二百米的山岗上迎风飘扬着，在蓝天、白云、青松和雪山的映衬下，显得格外灿烂、鲜红。

人们眼里噙着泪花，向国旗行注目军礼。这时，年轻官兵们的心里都在回荡着追悼会上团政委说的那句话："沈副连长没有死，他正把鲜艳的五星红旗高举在喜马拉雅山上啊！"

守门康

守门康自然是一个守大门的。

守门康守卫的是拓城一个机关的家属院。

既然是一个机关的家属院，当然少不了就有一些大小头目在此居住了。正由于有些大小头目在此居住，这就看出来守门康的一些性格来了。

刚来的时候，哪个人是大头头，哪个人是小头头，谁是普通干部，谁是外边买房进来的平民百姓，守门康属于两眼一抹黑，什么都不知道。大抵三几个月的光景，他就什么都记住了。他属于在这方面很有天赋的那种人。

记住了，那就不一样了。

看见大头目过来了，守门康那是远远地就准备好了词汇的："局长出去啊！您儿子长得好帅哦！"遇到处长、副处长什么的，话就稍微省略了一点："处长出去啦？"如若见了平头百姓，守门康基本上就处于找不到感觉的状态。你过你的路，我守我的门，有什么说话的必要吗？

想想也是，你是有保住我饭碗的能耐，还是有毁掉我饭碗的能耐呢……

守门康心之所想的第一要务看来就是经济收入和养儿养女的事情了，他正有一双读大学的儿女在等着他给的学费和花销呢！

经济收入，除了固定的守门工资，守门康首先盯上的就是院子里的十一个垃圾桶，他觉得，这十一个垃圾桶就是他的摇钱树和聚宝盆。

上午打扫完院子后，守门康让他老婆守门，他便在这个大院子里转悠起来。他满怀信心地一会儿去看一下这个大垃圾桶，一会儿去看一下那个大垃圾桶；一会儿用眼睛看一看，一会儿又用手刨上一刨。

每到晚饭前，一天的积攒差不多的时候，守门康便踩着装满纸箱和塑料瓶的三轮车到废品收购点去上一回。

守门和淘宝两不误，挺好。

可是没过多久，问题却出现了。按守门康的话说，就是有个人开始跟他争夺衣食来了——住户中出现了另一个捡拾废品的人。

守门康当然就有些不悦起来。

不悦自然就要进行反击。

守门康是一个爱动脑筋的人，他首先想到的是此人到底是何方神圣。当他知道对方是购房进来的外边人时，他的胆子就大得很了。

守门康对他说："请你以后不要再捡！"

"为什么？"对方说。

守门康说："不为什么！"

看来对方也不是个软柿子。那人依然无拘无束地出来捡拾，脸上还气鼓鼓的。

你不听招呼是吧，那好，守门康自有守门康的招数。

每到下午五点钟，幼儿园的小朋友就放学进家属院来了。

"爷爷好！"

"康爷爷好！"

小朋友们亲切地喊起守门康来了。

“好！好！你们放学了？”守门康一一笑嘻嘻地应答着，有时还过去摸一下孩子们的小脑袋。

可有一个孩子却总也享受不到这样的“待遇”。

“爷爷好！康爷爷好！”孩子一声接一声地喊着守门康，可守门康如同没听到一般总是不予作答。

这个孩子心中无比难过。

这个孩子就是那个捡拾破烂的人的小孙子。

看来也只有“人在屋檐下，不得不低头”了。那人为了自己的孙子不被冷落，从此便不在院内的垃圾箱里讨衣食了。

又过了一个多月，守门康似乎又发现了新的动向。守门康发现一家的六十多岁的女保姆，这几天总往另一楼生重病女子家的单元里钻，守门康想，她是不是在病人家里谋了个第二职业。于是，他便悄悄在她后面跟踪，果不其然，女保姆在六楼敲响了那家人的门。

守门康当然就想出了他的应对之策。

这回他的应对对象是生病人家。

那天下午，患者夫妇路经大门的时候，守门康红着眼睛就走过来了。

守门康说：“张保姆常往你们楼上去，是到哪家去啊？”

“到我们家去。”夫妇俩说。

“到你们家去干啥呀？”守门康明知故问。

“敷草药。”女患者说，“我每天上午都要全身敷草药。”

夫妇俩见他来者不善的样子，问道：“怎么，不能来吗？”

守门康脑子转得很快：“没有，主要考虑住户的安全。”

夫妻俩给整得一头雾水。

直到次日问了张保姆，夫妻俩才明白了个中缘由。

次日上午张保姆来时，夫妇俩说："张阿姨，昨天守门康好像很不高兴的样子。"

张保姆说："他很恨我到你们家敷药！"

"为什么？"

"他想把我替掉，让他媳妇来干，"张保姆激动地说，"他还打算到我主人家告状，说我干私活，想叫主人干涉我！"

明白了就里，夫妻二人再见守门康时心中就有数了。

第二天，守门康在门口见到他们时即刻走过来说道："其实我老婆什么活都会做的，像洗衣、煮饭、按摩这些她都能干，敷药她也干过的。"

因为心中有数了，患者的丈夫马上就说道："我明白了，以后有什么事情需要请人了，我们就请你老婆过来，好吗？"

"要得！"这时的守门康脸上笑得很是灿烂。

十几年过去了，机关大院的额外收入项目可以说已完全被守门康收入囊中了。财路也愈加宽阔起来。

守门康在大院里过得越来越得心应手。

守门康的面庞也较来时圆润得多了。

令守门康没有想到的是，就在这个时候，他老婆的身体却出现了状况——经医院确诊患了严重的胰腺癌。按医生的说法，患者已是早晚的客了。

这实属守门康始料未及之事。

老婆得了重病，两口子当然只能在儿子的陪伴下回老家住院去了。

但就这样走了，守门康心有不甘——老婆是给他们干活干出来的病，是单位没安排我们体检才没能早发现，单位必须要给我们一笔钱。

守门康就到行政处驻家属院房产办去闹，还揪住主任的衣服不放。可以说是闹得乌烟瘴气。

主任没有办法，可上级又不会给这种款项。怎么办呢？最后，主任、副主任自己掏腰包凑了五千元交到守门康手里才算脱身。

但事情并未结束，守门康临走前放下话说，我们干了十多年，你们都没给我们买保险，等事情安顿好我还会再回来，回来跟你们打官司。非打不可。

路　灯

不知什么时候，每当夜幕降临，那里就有了音乐和歌唱的声音。

那音乐和歌声，时高时低，有时还时隐时现的。

不由自主地，坐在书房看书的我，就被这热烈与美好的歌声吸引了。

说来有点奇怪，开始，这歌声似从西北方向飘进来的，那里似有一个不高的土坡，这音乐和歌声就从那里进入我的房间。

我的心里就生出了激动：那里有一个土黄色的山坡吗？那里有歌声向外飞翔吗？夜晚，在这静寂的社区，如果真能有如此热烈的声音朝外扩散，那该是怎样一种能点燃激情的美好！

或许是因为回声，或许是因为错觉，西北既没有歌声也没有黄土高坡，斜对角的东北方向却是他真正的发源地，那里是一片平坦之地——地铁口小广场。

省会拓城本没有地铁的，2009 年开始修建的地铁，四年后，一号线贯通，拓城开天辟地有了第一次轨道交通的运营。2017 年又有两条地铁竣工。2019 年中期，我家的不远处，悄无声息中，竟有了四个乘客如流的地铁口出现……

那里正是这激越、多情声音的发源地。

这激动人心的声音的来源地，正是路斜对过那个地铁口小广场。

这声音吸引了我。

这声音吸引了我的心。

夜幕拉开之时，我当然要信步前往。

天啊！多美的一片景致！

多庞大震撼的一个场面！

我一时竟有些热血沸腾！

首先是彝族同胞们的左脚舞。

他们在广场中间的花坛里尽情地跳着。

花坛的外面是一圈外坛，坛里盛开着五颜六色的鲜花，在夜色、光影和微风里，摇曳着它们娇艳的身姿。

中间又有一个花坛，里边密密匝匝生长着许多茁壮的美人蕉，怒放的花朵宛如一簇红色的火焰在燃烧。

这个西南边疆省份，少数民族众多，彝族占相当大的比例。

我去的时候，彝族同胞们在外坛和内坛之间的空地上舞意正酣，他们手牵着手肩并着肩，双腿不停地舞动。有三个女子还特意穿来了簇新的舞裙，劲头十足，很是惬意地跳着，一遍又一遍，一圈又一圈……

虽然音箱里播放着节奏感很强的音乐，两个小伙子仍然怀抱自己带来的月琴，兴奋无比地自弹自跳。

男人女人们酣畅地跳着，欢快地舞着，有时还伴以高声的呐喊。那阵势，犹如跳到天明也不知疲倦。

广场的西侧是唱调子的人群，如果说跳彝族左脚舞的是在拓城工作和打工者参半，唱山歌和听山歌的人们则几乎全部为进城打工人员。

这里有黑压压三堆人群，密不透风的听众饶有兴味地在那里观看，听到兴起处，不时地就会爆发出发自内心的哄然大笑声。对调子的男女，手握麦克风，乐不可支地在人群里演唱。他们多为山歌能手，在农村老家的集镇也是常常能一展歌喉的人士。他们会唱好多山歌，他们会唱多种不同调子的山歌。他们尽情尽兴地唱着，他们有情有意地唱着，不时还会出现一些煽情的词句，每当这时，观众中便会出现哄然的大笑外加几多的高声大喊。

场子的东侧另有一些别样的项目，有跳鬼步舞的，有跳民族舞的，还有亮开歌喉唱民族歌曲的……

看到这些，我的内心激动不已，这里是拓城的城乡接合部，旁边就是大树营村，这里原来是一片昏暗、一片静寂、一片悄无声息的地方，可自从地铁通过这里……

这时候，我仿佛觉得有一把火炬从夜空照射下来，亮闪闪的。我抬头仰望，一盏路灯正高擎在那里鸟瞰着人群。

震　动

“妈，现在我去健身房健身！”上高一的大水在电话里说。

“不上学了吗?”

“今天上午只有两节课，上完了。”

“健一次身多少钱呀！”

“三十块。”

“好贵啊！能不能不去呀！”

“我要去！……中午我就不回家吃饭了。”

说完，大水喊上同学沈东就往健身房跑。双背带书包在他们身上摆来荡去的。

母亲对儿子花钱健身很心疼。丈夫车祸去世，靠她一千二百元的退休金，日子几乎无法运转。于是她决定去捡破烂。因为只有这样，这个家才能勉强撑下来。可大水这孩子花钱却……他不知道妈妈的钱来之不易。

大水和同学从健身房出来就直奔餐馆。到餐馆放下书包就立刻点菜，而一点就不老少。

大水跟不少同学一样，常常去一些花冤枉钱的场所。什么健身房、游泳馆、餐饮店、游戏室，甚至夜总会……大水没有父亲了，当母亲的出于对儿子的疼爱，不好训斥，有的只是轻言相劝，余下的，就只有不分白天黑夜地多挣点钱了。

大水和沈东喜欢喝啤酒，吃饭前，两个人就都先打开瓶盖，咕嘟咕嘟往肚里灌啤酒。

沈东喝了几口后，边吃菜边说：“大水，你吃过带皮小黄牛肉吗？可好吃了！”

大水说：“还可以吧，不过，你吃过驴肉没有？那才叫香，那才是肉的香味，香喷喷的！”

沈东说：“驴肉倒没吃过，但我吃过田鸡！”

大水说：“田鸡哪个没吃过，别说田鸡，连牛蛙我都吃过！”

沈东说：“我也吃过，那次是朋友请我吃的，比鸡肉还香。”

就这样两个人一边吃喝一边聊天，兴致都相当高。

大水又说道：“沈东，你最贵吃过多少钱一套的过桥米线？”

沈东说：“三十的。”

“才三十的，”大水说，“我吃过一回五十的，除了一大碗米线，还有一小碟一小碟的菜，什么鸡枞啦、干巴菌啦、折耳根啦，八九样，摆在你面前，还有一个小汽锅，就像从前的皇帝似的……真过瘾！”

“大水，你吃过蛇肉没有？”沈东说着竟从口袋里掏出一包香烟来。两人边吃边抽香烟，还像大人一样吐着细长的烟雾。

大水说：“那东西我不爱吃，香倒蛮香，可一想到它的样子我就喜欢不起来……野鸡我喜欢吃。”

“我也吃过野鸡，”沈东说，“那回我爸妈带我到一家野味餐馆吃了一回。还是活的，当着客人的面现杀……噢，对了，你去过月亮城夜总会没有？”

“去过。”

“那里人可多了，个个都会跳劲舞，真带劲！”

“‘月亮城’算什么，你去瞧瞧‘拓都’，一个大场子人满满的，跳舞的人都像疯了一样，真刺激！”

"'月亮城'的消费也很高，一瓶啤酒十五元！"

"'拓都'的啤酒更贵，二十五元一瓶！"

沈东问："'拓都'的茶多少钱？"

大水说："三十元一杯。那次去'拓都'才好玩，是我第一次去'拓都'，刚进去就点了一杯，走时说三十元，你瞧瞧，喝一次茶三十元！"

"那酒呢？"沈东问。

大水说："酒就更贵了，四十元一杯！"

因为点的太多，两人酒足饭饱时，桌面上还剩下了不少的饭菜。这些剩饭菜在桌面上很显眼。离上课的时间差不多了，两个人结了账，背起书包就往学校走。

可在距学校不太远的时候，大水却突然想吃餐馆门口的烤红薯，他叫沈东先回学校，自己就径直往回走。

但就在拿烤红薯要回学校的时候，他做梦也不会想到的一幕出现了，而这一幕恐怕会让他永远都无法忘记了：

在手拿烤红薯离开烤炉的那一刻，他无意间偏头往馆子里瞧了一眼，这一瞧令他的心猛地抖动起来——嘈杂的餐馆里，一个五十多岁的妇女，正低着头往餐盒里快速扒他和沈东刚才剩下的饭菜，扒完后边走边吃，狼吞虎咽地很快就在后门消失了。

此时，大水的眼睛湿润了，他呆呆地立在了那里。

那人背微驼，暗红底小碎黑花的旧上衣，疏于梳理的花白短发，写满沧桑的黄脸……

这些，是他每天都会看上无数次的啊！

原载《云南经济日报》2014年12月8日

青绿的观音竹

我是一个很喜欢观音竹的女人。

我喜欢观音竹是喜欢它的青绿和茁壮。

一盆观音竹摆在家里，就显得生机勃勃，绿意盎然，甚至整个空间都会有一种蓬勃向上的清新感。

我很喜欢这种青春勃发的绿意。

那天我在逛一条小街的时候，正好就碰上了一大片售观音竹的地方。

这个地方的路对面本来是拓城多年的一个花鸟市场，后来听说要在花鸟市场那里建商品房，花鸟市场就临时搬到了这里。

那片观音竹的绿色很养眼，很吸引我的眼球，很振奋我的精神。那挺拔向上的绿叶，那绿叶上的太阳光，都深深地吸引了我。

“老板，多少钱一枝？”我急急地问了一句。

戴着斗笠，皮肤黝黑，山民模样的主人答说：“一块五一枝。”

我没有讲价，也没必要讲价，我给了他十二块，挑了八株健壮一点的，说了声“谢谢”后，就立马走人。

接着，我又赶紧到别处买了一个花瓶和一瓶营养液，速速往家里赶。

到了家中，我的心情自然是喜悦加兴奋。

我先是把瘦高的、两头粗腰部细的玻璃花瓶里里外外洗了个净，然后接了清水，把花瓶摆放在客厅的大茶几上。接着我倒上营养液，再把八株在清水中洗过的观音竹小心翼翼地置于瓶内。

一切收拾停当，我便喜悦无比地静观青竹的成活与生根。

然而遗憾的是，一周左右时间，却发生了不妙的情况——叶尖变黄，一根白须都未生出。

于是我拿来剪刀，把黄尖细心地一点点剪掉，把瓶里的水倒掉换上清洌的新水，再倒进一些营养液……

可是到了第三天，有的叶子黄的面积更大了，有几片竹叶甚至出现了黄中现黑的情况。

这自然令我心情沮丧。

我怀着沮丧的心情将观音竹拿出来不舍地扔进垃圾筒，次日又到那条小街精心选出八枝，又以殷殷的希冀之心把它们带回寒舍。

这回我更加地用心了。

我再一次把高挑细腰花瓶用清水里里外外、上上下下用心洗干净，接满水后，再毫不吝啬地将更多一点的营养液搅入瓶中。

这回我做得更倾心。

每隔两天，我就把水倒进水池换上新水。平日里，想起来我就拎上小喷壶喷洒点清水或者掺杂了营养液的水在叶片上。时不时地，我还关心地看上它们两眼。

我是多么企盼我的宝贝能早日吐须成长。

但是没过多久，观音竹的叶片又开始从外到里发黄发枯，一片、两片、三片……

这就奇怪了。

我的心里开始着急。

但是我心有不甘。

我又急急地跑到小街买回家八枝。

我气急败坏地洗完花瓶，气急败坏地注满水，气急败坏地把青竹装入其中……

可就在我去窗下墙根取营养液瓶子的当儿，手机的歌声响起来了。

“喂，小朵吗?”是我们头儿。

我说：“是我，主任。你好。”

主任急急地说：“快快快快，你赶紧背上双肩包到……到那个……”

“什么事?头儿，慢慢说。”

她说：“赶快到茶花宾馆……只……只有一个半小时了……”

我总算听明白了：公司出钱组织大家到新、马、泰玩一圈，要去泰国很好玩的芭提雅。距飞机起飞只有一个半小时了，让我赶快到茶花宾馆前的大巴站来。

“好的好的，主任，谢谢组织了，但是我的观音竹……”

“什么竹不竹的，赶紧过来，赶紧过来……”

“我家里没人，老公、儿子都不在拓城，我刚买的……”

“你给我马上过来，人家飞机不等人……我限你十分钟时间。”我们头儿说完就挂了电话。

当我坐在去机场的大巴上时，我的心里是既兴奋又牵挂。兴奋的是我多年想去新、马、泰旅游的愿望得以实现，牵挂的当然就是我那没人照料的宝贝观音竹了。

可未曾料到的是，十五天回拓城后观音竹却是另外一副样子——蓬勃浓绿挺阔的青竹正在向我招手微笑呢!

由于高兴，我就细细端详起它们来：叶子很绿，很健壮很挺拔，呈现出青春向上的气势。再往下看，已有细短的根须从竹的下端生长了出来。

我立即放下双肩包，接来清水倒入高高的细腰花瓶里。

往后的日子里，我按外单位一个驴友的说法，平时不要倒出旧水再加新水，只是在水量减少一些的时候再加，其他都不需要管它，一由它们任意生长。

真是神奇，一个月过去，半年过去，一年过去，观音竹越长越旺，越长越茂盛，底部的根须又长又白又新鲜，如同一团乱麻鲜活地缠绕在青竹的底部。

观音竹成活了！

观音竹给我们的客厅带来了一片生机！

我的心里生出了无限的激情与喜悦！

同时，我的心里似乎也被别的什么在紧紧地吸引着……

创 卫

北窑办事处副主任李女士，下午三点钟一放下区创卫办电话，就急急忙忙去拨打各社区的电话。

“张主任吗？我是办事处的小李。”她第一个打的是S社区。因为S社区在表格上最上边的位置。

“你好，李主任。”对方的声音传过来。

李女士快速说道：“刚接到区创卫办通知，国家创卫办派往我市的创卫评比检查组明天将抵达我市检查了，赶紧通知你们底下做好准备。我看你们龙尾街的那些水果店是最要紧的……你赶快告诉他们，让他们克服这三天，赶紧把占道摆放的水果收到店里去。你跟他们说说，满打满算也就三天时间，检查组一登机回北京，立马就可以摆出来了……”

李女士放下电话，即刻又拨通了D社区的电话。

“王主任吗？”李女士没等对方说话，她就紧接着说下去，“刚接到区创卫办通知，国家创卫办派往我市的创卫评比检查组明天将抵达我市检查了，赶紧通知你们底下做好准备。你们社区，我看主要的就是那一大片小树林，既是树林又是人行道，本来那里不准摆摊点的，结果现在什么卖老鼠药的、卖衣裳的、卖肉的、卖字画的，还有卖什么真假玉器、真假小物件的，都往那里摆。王主任，你现在就去告诉他们，就三天时间，从明天开始，一律不能进小树林……”

李女士一家一家地通知着。

几家下来，通知都还算顺利。

可在通知J社区时，遇到了点麻烦。

“郑主任吗？我办事处小李。”

“噢，李主任啊！”J社区郑主任说，“怎么好久不见您了呀！上回去办事处开会也没见到您。”

“那天我去区上学习去了。”

“哦，有什么事您说。”

“刚接到区创卫办通知，国家创卫办派往我市的评比检查组明天将抵达我市检查了，赶紧通知你们底下做好准备。”

“好的，李主任。”郑主任回答。

“你们J社区除了交代好流动水果商贩以外，关键是那两家卖菜卖肉的，还有那家卖鸡蛋、豆腐副食品的。他们的战线又长，又在街边上……”

“哎哟，别提那三家了！”

“怎么？”

“人家对我意见很大呢！”

“怎么说？”李女士忙问。

“上个月，不是通知人家第二天省上要来检查，要停卖一天嘛！结果第二天省检查组没来。后来见到我脸就掉下来了，说头天下午五点他们就把木板桌椅板凳搬回家去了，第二天一整天都没敢出来卖。结果，连个检查组的鬼影子都没见到，白白浪费了一整天时间。怕是损失了有几百块钱呢！”

“是的是的，”李女士说，“那天到下午了，区上才来电话说省检查组不来了。”

“对呀！”

“那你就给他们道个歉不就行了嘛！”

“是啊！那天我赶忙向人家抱拳赔不是，只有一个劲儿说‘对不起’的分儿了！”郑主任说。

原载《微型小说月报》2018年11期

《微型小说选刊（金故事）》2019年5期选载

微信群

这是一个“大三线”国防厂，地址在云南拓城的远郊。因为地处偏僻，交通不便，成本过高，后来就搬迁到拓城的近郊。再后来，由于“军转民”的大趋势，这军工厂就转成了农具厂。再再后来，一是精良的军工设备做民品“英雄无用武之地”，就没做出过什么像样的农机具；二是根据“关、停、并、转”和“抓大放小”的政策，此工厂就按“倒闭企业”进行了处置。

“工厂倒闭”的消息一经传出，各路人马为了自身最后的出路，就“八仙过海，各显其能”起来。

在这方面，如果说当年的学工、“老转”、老厂来的老工人不占优势的话，当年从各大名校分来的大学生们可就显示出绝对的优势来了。

没出三个月，这些当年的高才生，各就各位般在全国各地都找到了自己的新单位。

这里要说的就是这些当年的大学生的故事。

光阴似箭，日月如梭。

人世间最残忍的非时间莫属。

时间老人一天一天在往前行进，时间老人一天一天从不停歇……

在时间的长河中，这些大学生慢慢都到了退休的年纪，慢慢又都成了白发苍苍的老者。

他们在全国各地过着自己的晚年生活；他们在有限的亲友中进行着有限的交往；他们与当年的大学生同事基本都失去了联系；他们的活动范围无非就是自己的一块小天地。

可是后来，这生活小天地突然间就起了变化，而且变得生机勃勃起来。

大概是三年前吧，成都的一位大学生老兄建起了一个微信群，成员清一色的是该三线厂当年的“老九”。

这个微信群成立得很迅速。当时，如同一阵急风骤雨，十几分钟就建立完毕了。群成员虽都是七十岁以上的老者，但却个个都充满了蓬勃朝气，个个都充满了热情。

开始人人都争先恐后询问原先要好同事的情况，人人都争先恐后回答别人的问话，倾诉对工厂、对朋友的想念之情。有的还即兴赋诗，有的还晒出当年在草棚和厂房前个人或多人的照片。更令人兴奋的，还有人发来了后来去“夹皮沟”时自拍的视频。

这样，就有一种友好、相思的情谊从手机里升腾出来……

几日过后，友谊的语言开始降温，取而代之的是赛信息。

群友们的信息可谓五花八门：有养生的、有健身的、有谈论当年理想的、有吃喝玩乐的、有青春万岁的、有关于加工资政策的，还有什么为避免脑溢血忠告不要低头捡东西的话……正是天地万象，无所不有。

屏幕上热气腾腾，笑逐颜开。

然而没想到的是，后来竟然出现了状况——由于意见不同，两个群友公然在四十多人的群里吵了起来。

一天，张二发文字说：李三，你天天发些个理想理想的信息，现在是什么年代了？要养生！要保健！要长寿！要吃喝玩乐！

李三自然不干了，李三说：谈理想有什么不对的，当年你不就是怀揣革命理想奔赴三线的吗？我早就对你的微信看不惯了，吃喝玩乐，这跟猪狗有什么区别？在我看来就是行尸走肉一个！

张二说：人吃喝玩乐有错吗？不吃不喝你能活到现在吗？你不吃喝玩乐，不享受美味吗？

李三即刻回一句：猪也享受美味！

于是两人就吵上了。

不光这两位争吵，平日里经常露脸的群友也都纷纷发出帖子。有的支持李三，有的支持张二,一时间，群里如暴风骤雨般好不热闹好不精彩。

这个时候，群主不得不出来说话了。

群主说：依我的粗浅之见，老同事们的这两种观点各有各的道理，实在没必要争得脸红脖子粗。

紧接着群主又发出一帖：现在我宣布，恢复正常，立刻休战。

后边还加了三个笑脸表情包。

可是月余后的一天，张二没控制住情绪又发出一个帖子。

张二说：李三，你的理想好吃吗？吃饱了吗？把身体吃健康了吧！

李三瞬间即回：理想还真能把身体吃好，还真可以吃得容光焕发呢！

张二：请你介绍一下，理想是什么味道？是香是咸是臭？

李三：你发的那些信息，吃什么保健品，一天拍打几回什么穴位，在我看来全是消极养生，你缺的是积极养生。一个人有一个目标、一个追求、一个理想，这个人自然会生机勃勃永葆青春。像你这样你的身体能好得了吗？我告诉你，理想的味道香得很呢！

张二：狗屁！像你这样不懂保养不懂养生学的人，离死还会远吗？你棺材买好了吗？

于是，两个人又开起火来。

于是，两边的人又开始唇枪舌剑。

这回群主就不客气了。

群主说：我宣布，明天凌晨零点零分零秒解散“工厂老同事群”！

群解散了，自然也就不会再有什么争吵。

可在整整一年时间过去的时候，也就是解散群聊的周年日期，不知何故，群主老兄又开始建群。跟首次建群时一样，同样是一呼百应，大有旗帜一举，应者如云之情势。又是几乎在瞬间，建群的事就又大功告成。

一年多过去，群里均风平浪静。

据说，这一年多的时间里，张二曾有两次想重挑战火，可想想又压下去了。

“和气致祥嘛！”张二想。

如雷声滚过天穹

省会拓城某五星级宾馆二楼小会议室里，闪着光的深咖啡色大方桌置于室内，一对六十岁开外的男女分坐两侧。男子名李超，女子叫陈萍。

虽年过花甲，男子的英俊、帅气、潇洒不减当年，女子虽已鬓发染上了白霜，看上去风韵犹存。

开头场面显得拘谨、尴尬，男子打破沉默后，慢慢自然了许多。

午饭过后，两人相约在这里见面。

两人是在这个全省性的会议上不期而遇的。

日月如梭，光阴似箭。转眼之间几十年过去了，昔日的高中同班同学、恋爱对象，各奔天涯已四十余载……

女人看着男人，一脸哀怨地说："你好狠心……我给你寄了那么多信……"

李超说："什么？什么好多信？"

女人说："你在塘坝村插队时，我从小桥寨寄给你那么多信，你竟一封也不回……"

"怎么……"李超说出这两个字时，脑海里突然闪现出已故妻子几次烧纸的画面……

男人沉思了一会儿说："陈萍，你不要生气，看来是赵玲截了你的信……"

“赵玲？就咱们班的赵玲？”

“是的。”

“为什么？她为什么……”

李超说：“她后来成了我的妻子，当时她正不顾一切地追求我，男生女生都住在一个院子里。”

陈萍听了，先是对赵玲很愤怒，后来，又为赵玲的去世难过起来。

男人停了一会儿说：“信的事情我替赵玲向你道歉。但手绢的事怎么说呢？是你把手绢送给了夏刚……”

“没有啊？怎么可能……”陈萍急得满脸通红。

“怎么不可能，是他亲手拿给我看的。一个白手绢……”

陈萍明白了一切，肯定是夏刚移花接木、偷梁换柱欺骗了李超。

她急忙说：“那是我让守楼的学生转交给你的，学生不让我见你……你也就信以为真？”

1966年，正在热恋中的同班同学李超和陈萍参加了B派，夏刚是A派，李超、夏刚分别是两派的所谓一号勤务员。当时是A派得势，夏刚把李超抓在一个两层小楼的二楼关押起来。

思念李超的时候，陈萍就想上小楼见他，夏刚派去守楼的人不让上，陈萍就在楼下唱电影《农奴》中的插曲《阿哥你何须说》：

阿哥你何须说何须说，
且听我为你唱歌。
我只能唱啊一支无字的歌，
为了我的歌你也要在人世上生活，

你也要在人世上生活。

陈萍嘴里心里反反复复唱着这支歌曲。

可她就是见不到心爱的人，李超也见不到她。

陈萍想出个办法，让守楼的 A 派学生给楼上的李超送去一方白手帕。哪知，夏刚得知信息，得到情物后就……

那时，夏刚在拼命地追陈萍……

可陈萍坚决不同意。返城工作后她跟一工程师结了婚……

“我怎么能不信呢？那上面有你亲手写的字啊！”

“什么字？”陈萍疑惑地问。

“什么字？问你啊！你自己写的啊！”

“问题是我没写啊！”

“什么‘我爱你夏刚’，后边还落着你陈萍的大名。”李超愠怒地说，“当时的情况我历历在目，夏刚拿着手绢在我面前一晃一晃的……”

陈萍爱怜地看着昔日的情人说：“毫无疑问是他欺骗了你，是他自己写上的字。”

“你的字体我还看不出来吗？就是你的字体……”

“字体就不可以模仿？”

陈萍边说边从手提包里一个绿色小铁盒内拿出一方白手帕来，小铁盒外的绿漆已斑斑驳驳的了。

陈萍说：“是这个手绢吗？”

李超注视着白手帕。

“当时我买了两个，一个让守楼的学生转交给你，一个我自己保存。四十多年了，我一直带在身边……”

“这能说明问题吗？”

“能！”陈萍说，“两个手帕的一边缝隙处我用机器各缝进一个小布条，上边有我缝出的字，不细心的人不易发现。”

陈萍慢慢拆开。

李超心跳着走过来。

会议室内一片寂静。

手帕边儿拆开后，那个小黄布条露了出来。

李超屏住呼吸看过去。他看到的八个红字是：“李超，我爱你　你的萍”。

李超心里掀起一阵翻江倒海般的激浪。

此刻，天上雷声大作，楼外也刮起大风，下起大雨来……

原载《微型小说月报》2019年12期

《小小说选刊》2020年8期选载

工厂人物速写

厂　长

厂长四十多岁，中等身高。要说体形，应该是有点偏胖了。

四十来岁的一厂之长干劲是很足的，说话时声音从心底里流出来，很是响亮。

职工大会上他中气十足地说："你们销售人员，不管用什么方法，只要能多给我把产品卖出去，就是好推销员……"有个女推销员听了厂长的动员就积极去响应。年底盘点，她卖出去的数量最多，推销任务完成得最好，个人的收入最多，得到厂长的多次表扬。

工厂分配职工住房的时候，房少人多不够分，厂党委书记让出新房，还住老房子。魄力十足的厂长在大会讲话时说："你别说让出新房住老房，你就是住狗窝，生产上不去也等于零……"

厂长原先是工人，靠努力一级级爬上来的。快五十了大家都还喊他小丁。一次会上，小丁招呼大家不要再"小丁小丁"地喊了，喊"丁总"(后来厂改为了公司)。他又说，这主要是为了销售、为了公司，有客户单位的头头来了，你"小丁小丁"地喊，工厂多没档次多没规格……后来有人喊丁总了他便喜形于色，有人忘了改口他就不怎么高兴了。

小丁很舍得花钱。客户单位的领导来了，绝对安排高档次宾馆，派高级小车迎送。到外地做产品推销会，丁厂长那是下足了功夫的。要准备足够的会议材料、足够的宣传品和丰富的礼品……会上会下他要说到嗓子沙哑，名片要发上好几盒。同样，游山玩水那也是不能少的。

经他这么一搞，效益还真的有所提高。

小丁见了，心中喜不自胜。

公司入股工作开始了，丁总心内暗喜。他决定买上个三分之一，他打算把工厂变成丁氏家产。动员大会上，厂长号召大家都参与买股，年底好分红利。但实际上他是有规定的，他买的最多，副厂长级以下次第减少，及至大头百姓，每人只有一股，想多买也多买不成。

不过一年的光景，上级让多家国企变卖给私人老板，说是抓大放小，丁总的公司位列其中。这下小丁慌了神。他组织全厂开小会开大会，在工厂开会，在郊区产品材料仓库大院开会，号召干部工人统一口径一致对外，坚决不卖！

但上级工作抓得急且猛。

省里高副省长主抓卖厂工作，常常是亲率工作组风雨兼程。

高副省长率队共来找过丁总三次。前两次都叫小丁硬碰硬顶了回去，说高副省长，您说破天我们也不卖广东老板，要买，我们兄弟伙（厂领导班子）买下。但第三次高副省长就把厂长给拿下了。拿下时，据说根本就没费吹灰之力。

高副省长说："丁总，我这是第三次到厂里来了，今天打算要有个结果。"

"高副省长，我还是那句话：不同意卖！"

高副省长笑了下，对身边那个白净脸的瘦高个子说："那好，你带工作组留下来查查丁厂长……"

这时，小丁的脸一下子就变白了。从那以后，他都再没说过半句不愿意卖的话。

女销售员

姜英是工厂的销售人员。

前些年，她靠推销产品赚了五十万。销售人员都是承包一个或几个地区的产品销售活计，得百分之三十的提成。

姜英有了这五十万后，就想好好设计一下自己美好的人生。

姜英以前的人生是很糟糕的。

父母死得早，从小就被养父收养。养父家庭贫寒，一辈子都没娶起一房妻室。姜英从小就不知道亲生父母是谁。

二十世纪七十年代初，十五岁的姜英有幸被工厂招工。属于早恋吧，或许也谈不上什么恋不恋的，十八岁跟一男工怀了孕，次年就生下一女。当然就只好结婚。由于没什么感情，加上男人没有文化，动不动就用拳头说话，女儿到十七岁两人就只能用离婚解决没法调解的矛盾。

就是这时，姜英成了一名销售员。

五年过去，姜英便成了五十万元钱的拥有者。

前夫粗暴，没文化，姜英就钻头觅缝想找个有文化的人。不久，姜英还真找到了一个。姜英是药品推销员，经常光顾医院，那一位是一家医院的药剂师。

两人一见倾心，开始热恋。

两人约在一起打麻将、跳交谊舞、吃饭……

姜英随时都兴奋异常、眉飞色舞的。每次跟男友约会时，她都把自己打扮得漂漂亮亮的。你看她，面上搽满了香粉；脚上穿着高跟鞋；双眸放着光芒。周身每个毛孔都充满了喜悦和有钱之人些许的优越感……

“老王（姜英的男朋友）是工农兵大学生……”姜英跟朋友在一块儿时总这样说。

“老王的皮肤又白又细的。”姜英有时也会这样说。

然而遗憾的是，老王对姜英并没有结婚的打算，他对她不过是一时的需要。

三年不到，老王就拍拍屁股离姜英而去。

姜英此时伤心至极。

姜英此时已是徐娘半老。

好在三个月后上天把小秦送到了她身边。

小秦是个三十五岁的农民工小伙。

两人相识是在一次舞会上。

大他八岁的姜英为了掩盖岁月的痕迹，就下功夫做美容。眼睛割成了双眼皮，头发做成红色飞机头，下身穿一条黑短裙。

姜英把实际年龄隐瞒起来。

姜英最大限度地抽时间陪伴小秦。两人频繁约会；两人激情涌荡；两人很快就步入缠绵悱恻阶段。

姜英是准备跟小秦结婚的，但后来发现可能性不大。尽管她说只比小秦大两岁，尽管她使出浑身解数……

因为她知道小秦不会娶比自己大的女人。

然而可能性不大不等于没有可能。姜英又进一步加强了攻势。姜英对小秦更加缠绵，身体发福就减少饭量加大运动量减肥，鱼尾纹多了就去美容店注射什么叫不出名字的针水。

无奈小秦就是不愿意。

小伙子从来就没有这种打算。

不能成夫妻也罢，做个情人也不错。

可惜好景不长，几年下来，小秦到底还是弃她而去。

后来，姜英就遇到了现在的老邹。五十挂零的老邹属穷得叮当作响之辈，谓之“房无一间，地无一垄”，目前在一家客车公司打工开长途。

老邹条件不怎么好，姜英自然是不打算跟他扯结婚证的。

老邹上无片瓦下无立锥之地（原先在父母家栖身），后与姜英同居才解决了住宿这一难题。但老邹也有老邹的长处：人高马大，体格健壮，姜英与其同行很有几分安全感。

然而姜英却慢慢发现，老邹虽体高力大，但男女之事方面却不敢恭维。好在几年之后，姜英也出现了状况，身上长了个子宫肌瘤。因为担心恶化，在医生的建议下，就对其进行了子宫摘除手术。这样，在男女之事上就平分了秋色。于是乎，两人也就呈“相安而无事”状态。

以上之事，与姜英处得较好的女友是全然知晓的。因而有人就这样问她：“姜英，老邹这么穷，为什么要和他在一起呢？”

姜英的回答每每让问者心里发酸。

姜英说：“孤女（女儿已离婚跟姜英同住）寡母的，有老邹在身边，在社会上、在人面前总还是……”

后勤科长

后勤科长今年六十有二，可有人问他时总说五十九岁。照理，前年他就该退休的，由于总是五十九，所以至今尚未办退休手续。

后勤科长很有些派头。他高高的个头、偏胖的身体，走起路来身子呈仰视状，两手一甩一甩，那神情是挺满足的。

后勤所管虽不是一线生产，但这些事儿却全是职工所必需的——食堂、房产、水电、绿化、全厂职工的劳保用品……

科长喜欢喝茶聊天看报纸。干完活计之后，他就会边看报纸边嘬茶水。再不就到底下几个基层地方走动一下，看看底下各个方面的工作。

我是后勤科长多年的朋友，在另外一家工厂上班。一天我到他们厂找他，当我在生活区见到他时，他的样子让我一下子就惊呆了：瘦削、憔悴而苍老……

“科长，怎么……”我望着他说，“你生……生病了？”

“没……没有。”他有气无力地说。

“那……怎么……”

“我……我退休了！”

听了他的话语，我若有所思地望了他一下。

半年后我又一次去找他，这次是在厂区见到他的。这回又让我吃惊不小，他的脸上又重新焕发出了光彩，他的眼睛又炯炯有神起来。

“判若两人，判若两人……怎么？……”我高兴地望着他说。

“什么怎么？”他笑着问道。

“你的身体，你的身体又像从前一样健康了！”

“噢，”他有些不好意思地哈哈大笑着说道，“我又被返聘了！”

“还当后勤科长？”

“不，后勤科绿化组组长！”

“噢，是这样！”

他边笑边小声地对我说：“虽然只区区一个小组，也有十多号人哩！”

门诊室里

她进门来了。

我的心里立时就生出一阵喜悦。

我跟她的关系其实很简单，也很平常。

我是一个大学毕业不久的女医生。

对于我，她本应是一个普通的女患者。

不过诸君并不知道，她可是我心里的一轮金太阳，从她进门的那一刻起，我的心里就开始播洒明灿灿的阳光了。

你看她，四十多岁的年纪，富态的体形。再瞧她的服饰，周身都是夺人眼球的珠光和宝气：上身是织有金丝的黑紧身衣，下身是镶着金边的超短裙，脚上有金脚链，手上有金手链，脖颈上有金项链，十个指头中有六个指头套着金戒指，此外，耳朵上还戴着两个金耳环……

女人的各个部位都是金光闪闪。

从见到她我的心里就一直心花怒放。

医科大学毕业后，一年都没找到工作，大医院没有关系进不去，镇和办事处小医院以及私人小医院我又有些看不上。

时间似白驹过隙，一晃就一年过去了。

实在别无他法，一年后的一天，我还是走进了这家民营医院的大门。

走进这家医院，我的心里就播洒进了阳光。

四层高的小黄楼闪着光亮，“拓城博爱医院”六个大字在楼顶上熠熠生辉，楼内各个地方都是一片耀眼的白。

医院内外充满了一派新潮的气息。

身着洁净白大褂的我坐在门诊室里。

我热情洋溢地给每一个妇科病患者瞧病，对症下药地开药。为了让病人放松心情，我甚至还对她们嘘寒问暖。

医院告诉我，医院实行的是导医制，就是由导诊小姐将病人给各位医生按先后平均分配。

我的心里满溢着喜悦，我的心里一片灿烂。

我努力钻研医技，我悉心为病人服务，我看见我的面前是一条铺满鲜花的路。

民营医院不照样能够大显身手嘛!

可月底总结会上我却傻了眼。

会上，财务部列出的表格上，我的效益，也就是我的病人交款的数量全院倒数第一。

院长先生不点名地批评了我，会后见到我，他也是阴着脸低头而过，不像从前那样笑脸相迎了。

我惶恐不安。

我的心里充满了疑惑。

不过，往后的日子里，我仍然努力、尽心地工作着。

可月末会上，我的效益依然是名列末位。

次日，我见到别处退休后来博爱上班的王大姐，王医生看上去已有六十开外年纪。我问她时，她只是冲我神秘地笑笑，一句话未说就转身走了。

过了几天，我把一位较年轻的女医生拉到一边，竹筒倒豆子般向她诉说了我的苦恼，她望着我神秘地笑了一下，然后说："你很不开窍。"

我一头雾水地看着她。

她笑了笑说："现在是什么时候，你还这么老实。"

我迷惑地望着她。

"你真是个榆木疙瘩脑袋。"接着她就在我的耳朵边小声说了一番。

她的话对我的震动不小。

作为一个医生，能那样去干吗？我在心里问自己。

不这么干又怎么行啊？如果第三次再倒数第一我就要被辞退了呀！

于是我准备小试牛刀。

病人来了，小病我说成大病，可以开两盒药的我给她三盒，便宜药可治好的我给她开贵一些的药……

这样下来效果还真的不错，月底总结会上我的效益由末位上升为倒数第三。后来的几个月也都没成为坐红椅子（最后一名）的人。

院长见到我，脸上的肌肉松动了一些。

但是我知道，这仍是一个活摇活甩的位置，弄得不好就会再次跌入谷底。

然而良心在跟我的决定打架——能这么干吗？

我几个晚上都睡不好觉，辗转反侧，夜不能寐。两个月下来人就整整消瘦了一圈儿。

事情终于想通了，我打算赤膊上阵大干一场，就是把上边的办法再加大步幅，把小病说成重病，把无病说成有病，开两盒的我给她开成四盒，便宜药能治好的开成顶级贵药。对富婆更是"宰她无商量"。

作出这个决定我就又开始睡不着了，心想这不是坑蒙拐骗吗？于是又变成辗转反侧夜不能寐。

不过，这次的反复时间不长，仅三天的工夫我就作出了一个终极决定：不干白不干，不这么干怎么生活呢？

故而今天的精神很好，一早起来我精神抖擞地走进门诊室，遇到的第一个倒霉鬼就是这个遍体金光的女子。

女子坐下来后，我立即就和蔼可亲地说出了自己的第一句话。

烦 恼

有一妇女，年已六旬开外。

一天，妇女见到一个和尚。见和尚和蔼可亲、慈眉善目的样子，就向和尚诉说了自己的心事。

妇女说：“师父，我整天都很烦恼。”

和尚问她：“什么事情让你烦恼啊？”

妇女答道：“烦恼的事挺多的，有人常在背后说我坏话；儿媳妇性格急躁，常跟儿子发生口角，虽说没跟他们住一起，但我还是常为此烦恼不堪；老父亲可疼我了，我想吃什么就带我到街上去买，可他老人家在世时我竟没给过他一分钱，现在想起来就难受。”

“还有吗？”和尚问道。

“有，我也算一个有能力的人，可这辈子只当了车间的一个班组长，有人没我的能力强，却当上了车间副主任。”

和尚乐呵地又问她：“还有吗？”

“有，比如，孙子不听话，比如……”

“好了，不说了，现在我带你到一个地方去。”

慈眉善目的和尚把妇女带到郊区的一座山下，说：“我们俩一起爬到山上去。”

妇女本不想爬的，毕竟六十多岁了，但和尚的话不便拒绝，只好应允。

爬到中途，妇女想坐下休息片刻，见和尚不许，又只好起程。

爬到山顶，妇人看着湛蓝的天、洁白的云，看着一览无余的城池和无垠的碧绿原野兴奋不已，竟情不自禁“啊啊”地喊起来。

和尚问她：“你怎么了？”

“真好，真轻松舒畅！”妇女高兴地回答。

身着黄色袈裟的和尚拱拱手道：“好！那我该下山啦！”

渔　夫

一对中年夫妻酷爱旅游，他们认为只有旅游才能得到快乐。他俩走遍了中华大地，又游览了一些别的国家，但是他们忽然觉得，旅游除了能看到一些稀奇之物、景点和各式建筑之外，并未感受到真正的快乐。

悠悠一天，夫妻俩来到国内一条水流平缓的小河边。小河两岸生长着茅草和芦苇，两人静静看着这里的风景。

过了一会儿，上游缓缓划来一只小木船，船上有一对渔人夫妻。夫妻俩年纪跟二位游人相仿，四十出头光景，木船的竹竿上还站着两只黑鱼鹰。

二位游人顿生激动，忙高声招呼请渔人划木船至小河边。

经渔夫同意二人跨进船内，夫妻二人兴奋的心情溢于言表。悠悠清水沐浴着两人疲惫的身心……

“师傅，家是哪里呀？”男游客开口问道。

“喏，湖源寨！”渔夫朝小河的上游边指着边说，“我们刚从寨子出来。”

男游客看了看木桶里的鱼，兴致勃勃地问他们：“这是鱼鹰捕的吗？有八九条呢！”

“是的，就是刚才它俩捕的，两个小家伙可能干呢！”渔夫笑呵呵地说。

“请问，一天能捕多少鱼呀？”男游客又问道。

“有四五十斤呢!”

“就是在小河里捕的吗?”女游客的声音尖亮兴奋。女游客很好奇。

渔妇爽朗地说:“不是的,前边小湖里的鱼比河里还多呢!”

女游客更加兴奋,圆圆的苹果脸越发红润起来,她立即问道:“前边还有湖吗?远不远啊?”

“没多远,六七里地的样子吧。”渔妇说。

小湖到了,湖的天然姿容展现在了他们的面前。小湖不大,湖水澄澈,水面安详,几团棉絮般的白云静卧在湖对面几座小山的怀抱里,这些景致书写着小湖及周围村寨的和平、安康。

小湖的湖面上有一方足球场大小的小岛,小岛的后面兀立起一座小丘,湖的周围和小岛上都生长着些许青青的芦苇和青草。

小湖很美!

登上小岛,渔夫二人开始让鱼鹰捕鱼,后来他们二人又撒网劳作。新鲜的鱼儿在盆里、桶里跳跃、飞动着,有的还“飞”到了青青的草地上……

忙碌了一阵,渔夫捡来干柴、朽木燃上火烧烤鲜鱼吃,二游客也拿出饮料、饼干、水果与渔人分享。

不论捕鱼还是野炊,两对人间男女都如此的快活,爽朗的笑声不时洒落在美丽的湖面上……

太阳西坠时分,忙碌了半天的渔民就要收拾用品打道回府了。

水路上,二位游人这样问渔人夫妇:“老乡,你们到外边旅游过吗?”

“旅什么游,一天到晚的活还忙不完呢!哪有时间啊!”女人乐呵呵地答。

“旅游很好玩的，可以去很多地方，可以看很多景点。”女游客说道。

“没有时间是一方面，也没有钱啊！”男人边划船边说道，“再说，这个问题还没想过呢！”

“没想过？”女游客很吃惊。

“是啊，一天忙得晕头转向，哪有时间想那个呀！”男人又答。

男游客不甘心地问道：“怎么，你们就不想好好地玩玩吗？”

女渔民乐呵呵地说：“喜欢，当然喜欢玩了，我们现在不就是在玩吗？”说了又呵呵地欢笑起来。这一串笑声就洒落在悠悠的河面上，洒落在河边青青的芦苇丛里……

男游客说：“不是，我是说到外边去，去外边。”

这时女渔民叫了一声：“到了，到你们上岸的地方了！”

小木船缓缓地朝河岸靠过去。

悲　哀

这是一个真实的故事。

李家寨老汉李昭生有二子，媳妇死得早，两个孩子基本上全是李昭养大。

儿子大了，跟世间所有父母一样，五十多岁的李昭就单枪匹马张罗起给孩子们盖房娶媳妇的事来。

对于李昭这样的家境，别说盖两处院，就是盖一处院也会弄得吐血。李昭就想采用另一个办法：大儿子两口子住村西的新院新房，李昭跟二儿子两口子住老屋老院。

然而没想到的是，二儿子说什么也不同意。

找大儿子，人家满脸阴云密布，说破嘴也不答应。

李昭没招了，就在老院西南角盖了个比猪窝大不了多少的小破屋，又整了个二十多平方米的树枝篱笆小院，自己度人生。

奔六十的人了，耕地种庄稼看来是不行了。经过一通盘算，把自己的承包地分给了两个儿子，自己打算去干捡拾破烂的营生。对于这件事，妹妹的两个女儿也曾向李昭建议过，说：到老了，舅舅就是靠拾荒也能一天一天地朝前过。

李昭琢磨，没想到自己还真就走上了这条道。

李昭是一个吃得苦下得狠的人。为了多拾多卖，他不顾年迈体弱，起早贪黑，风雨无阻地到县城到镇上到农村捡拾破烂，然后再到收购点去卖。

渴了就买瓶便宜的矿泉水；饿了就啃个干馒头，或到餐馆里趁人不注意，囫囵吃几嘴残渣剩饭；困了就和衣睡在商店、银行的屋檐下或公园的条椅上。有天晚上实在走不动了，倒头就躺在了一个乱葬岗子里。

李昭背着个油脂麻花的大塑料编织袋，穿着一身油脂麻花的旧衣裤，再配上一个蓬头垢面的脑袋，活脱脱一个乞丐。

但是对这些李昭从不畏惧，只管风里雨里往前奔。

由于经验不足，开头收获甚微，生活仍是入不敷出。

时日长了，李昭积累了一些经验，知道哪些地方是破烂较多的地方，慢慢收支平衡了。

几年过去，李昭每天的收入就出现了收微大于支的情况。

虽然结余甚微，李昭还是露出了捡破烂以来的第一个笑容。

有了一点结余后，李昭就给自己购置了一身新衣裳，有时也去小食馆改善一下生活。

岁月不饶人，在李昭七十七岁那年，他自觉身体不适，头昏，走路出现摇摆。自知不能再捡拾破烂了。但向大儿子说出想跟他过的愿望时，老大生硬地即刻就给予了回绝，脸面阴郁得赛过屋子的水泥墙。李昭去跟老二商量，老二虽然笑嘻嘻的，未见面似墙壁，但在笑嘻嘻中还是做了拒绝。

李昭没有办法，只有回自己的小屋去度日月。

不到一个月工夫，李昭的病已十分严重了，呼吸都感到异常困难。他明白，来人世七十七年的生命已到最后的时光了。他便将准备好的寿衣穿在身上，喝下最后几口水就平平地躺在了床上。

只有三十分钟，李昭头一偏就停止了呼吸。

送火葬场时，连卡车驾驶员和两个儿子在内村里共来了六个人。

六个人站在躺着李昭的担架旁各自想各自的心事。

可他们的心事里怎么也不会包括接下来就要发生的事情。这件事是他们无论如何也没有想到的。

李昭被缓缓送进火化炉。

可几乎就在把炉门关上的同时，火化工急急地朝六人招手：“快来看！快！”

透过观察玻璃，六个人真切看到的一幕是，借着风的吹力，无数张百元大钞从李昭的衣服里腾空而起，在熊熊火焰的上方“漫天”飞舞。并且，这无数张飞舞的钞票在转瞬之间就被炉火无情地吞噬而化为了灰烬……

见到这一幕，老大老二两兄弟顿时就呆成了木鸡，老半天都没能说出一句话来……

原载《微型小说月报》2019 年 1 期

红 包

张翠琼要做拇外翻手术。

最让她发愁的就是送医生的红包费。

拇外翻就是脚大拇指的关节粗大且往外突起，拇指尖便朝内歪，于是五个脚趾便挤在了一起，这就令她的五个脚趾和前脚掌格外疼痛。另外，张翠琼从年轻时起就一直爱穿高跟鞋，久而久之，脚就有些变形，这样一来，刚步入老年的她就疼痛难忍了。

因此，她和丈夫就下决心去医院做拇外翻手术。

但做手术住院是需要钱的，退休工人家庭历来就不富裕。按规定，两个钢板费患者自费，其他费用百分之三十要自己出，两者相加要一万一；给护工的钱少说也得一两千，这样一来，一万二三是少不了的。这个数张翠琼两口子还是拿得出的，因为多年的积蓄给儿子买了套结婚用的婚房后，刚好还有一万三，可给主刀医生的红包钱就令他俩作难了。

对于张翠琼来说，给红包如同割她身上的肉，她几百个不情愿。但张翠琼心里又清楚，按时下的潜规则，红包又是少不得的。医生开口要就不用说了，就是不要你也没胆量不给。虽然拇外翻手术不是很大的手术，但她也深知，两只脚对于一个人的重要性。她从一本医学书上知道，如果病情较轻，可以不上钢板，那就要把大拇指和二拇指之间的韧带割断，如若不慎便会形成拇内翻。如病情重，则需要上钢板（自己属病情重者）。上钢板则必须把大拇指锯断，换个方向后用钢板固定，还要把外翻的变大的关节划去一半。在这些方面，医生稍使手脚则会出现严重的后果，比如骨头对位不好，比如让钢板上的螺丝不上紧……还有就是划刀时随意乱划，恢复后刀疤难瞧……

思来想去，两口子一致决定，这五千元钱的红包不给是不行的，不给不是聪明人的作为。

于是，他们放下面皮从亲友处借来了五千元。

主刀医生是个四十多岁的男子，戴副眼镜，温文尔雅的样子。张翠琼觉得，这样的人不太像勒索别人的人，就有些不太想把那个牛皮信封拿出来给他，她觉得那样太心疼太舍不得。这五十张大红票撒在地上有一大片，买肉能买一两百公斤。就这样白白地给了他……而自己平日里肉都舍不得多吃，就这样不明不白地擩给别人……她真是一百个不甘心。张翠琼想，如果不给他，而他又能给自己好好地做该有多好！

可是她立马就否定了自己的想法。她否定了自己侥幸的心理，很不情愿，但却坚定不移地把牛皮纸信封塞进了那个白大褂的口袋里……

手术做完已是下午四点，回到病房的张翠琼虽然满脸倦容，由于麻醉未过，并无多少疼痛。她回忆着手术台上的感觉，觉得医生的操作是那样的认真、干练和一丝不苟，她很肯定自己给他五千元的决定，她兴奋地断定绷带里的两只脚肯定会做得有模有样。

然而，兴奋之后，一股沉痛而悲凉的情绪又慢慢地爬上了她的心头，她又后悔起手术之前的那个决定。她想，如果没有那个决定，她就不会损失那五千元钱了。

张翠琼又想起了手术前的画面：她把鼓囊囊的信封在他的眼前晃了一下，然后装进了他白大褂的口袋里。他看了它一眼，但没说话，甚至连推让一下也没有，好像是理所当然的……

“唉——”她重重地叹了一口气。

可就在这时，张翠琼突然感到她的右手似乎碰到了什么硬物，她的心惊了一下。当她确定硬物就是它时，她完全惊呆了——那个牛皮纸信封又原封不动地躺在了她病号服里面上衣的口袋里……

这时，惊愕的张翠琼盯着同样惊愕的丈夫的脸，疑惑地说了一句：“老陈，我们……我们……我们该不是在梦中吧？”

原载《北京精短文学》2016 年 6 期

萝卜花开

1951 年抗美援朝战争时，西藏战役也在同时进行。

进军西藏的部队是西南军区的十八军。

那时候西康去西藏拉萨根本没有路，全是人迹罕至的高山大川，深不可测的茫茫沼泽地，冰雪覆盖的万年雪峰。

十八军的任务是边修路边进军。

十八军遇到的第一块硬骨头是二郎山。二郎山山高路险，怪石林立，修路困难极大。当时唱遍全国的歌曲《歌唱二郎山》这样唱道：

> 二呀么二郎山，
> 高呀么高万丈。
> 古树荒草遍山野，
> 巨石满山岗。
> 羊肠小道难行走，
> 康藏交通被它挡。

不光山势险峻，气候也相当恶劣。山的背阴面常年阴湿，道路难修。冰雹、大雪、大雨随时会铺天盖地而来。

雀儿山是第二座难对付的大山。雀儿山主峰海拔六千多米，山高石陡，空气稀薄，就是这里诞生了那个闻名全军的张林刚的英雄故事。

张林刚是个很英俊的小伙子。解放战争期间，初中毕业的他从河南老家参军，跟着部队从河南打到江苏，从江苏打到湖南、四川，解放后当了班长的他随十八军进军西藏……

雀儿山的大部分公路修好了，前面出现的是一座横立在公路前面的青石峰。这青石峰把川藏公路拦腰切断，挡住了公路的去处。师部决定，劈开石峰给公路打出一条通道。

几天震天价响的爆破声、滚滚的硝烟和石块的飞迸过后，青石峰中间出现了一条大峡谷。身着黄军装或白衬衣的年轻的官兵们开始搬运石头，清理山谷。

这天中午，战士们正在吃午饭。他们坐在石头上，坐在青草地上，坐在工具上，或坐在刚修好的公路上。他们吃着代食粉和压缩饼干，喝的是炊事员用雪烧制的开水。

班长张林刚在查看工地。看哪些地方尚需再爆，哪些石块需先行搬运，哪些地段还需打平。查看完毕后再去吃饭，以便饭后进行布置。

这是张林刚历来的工作作风。从进金鸡关（金鸡关是川藏公路的起始点）以来，查看工地他都是在战士们去吃饭时进行。

就在这个时候，陡壁上的一块巨石松动了，并猛然朝下滚落。当战士们远远地发现并呼喊时，为时已晚。巨石飞滚，重重地将张林刚撞倒在地上。

战士们飞奔过来的时候，躺在地上的张林刚已脸色蜡黄，嘴角、头部和腿上都在往外流血。

连部卫生员急忙从红十字箱取出一支强心剂，蹲下来给他注射。只见张林刚缓缓摆了一下手，断断续续地说："我……可能不……不行了，强心针还是不要浪费了！"

战友们个个泪如泉涌……

张林刚的左手从身上滑落在地上，停止了心跳。

这时，人们看到英俊的张林刚身旁的青石板地上，洒满了一滴滴一片片鲜红的血迹。

在这雪山之巅，在这大片大片的青石板上和绿草丛里，这一滴滴一片片鲜红的血迹，如同一簇簇一朵朵红色的鲜花在怒放……

团长赶过来了，他边读张林刚的遗嘱边流眼泪。

遗嘱是从张林刚的军衣衣袋里发现的。上面写道：

……党啊！我的亲娘！我知道，进军西藏随时都可能牺牲。如果我牺牲了，就将我全部的积蓄（不多，就在我的背包里）作为我最后的一次党费全部上交给党组织。我衣袋里有从河南老家寄来的两包水萝卜籽和一包大白菜籽，请同志们交给连首长。等部队到达拉萨后，将它们播种在那里的土地上，让西藏人民能吃到祖国内地的蔬菜……

掩埋了张林刚后，战友们含泪回忆着他从前的一个一个英雄事迹，继续筑路，继续前行……

1951 年年底，英雄的十八军在军长张国华、政委谭冠三的指挥下终于渡过湍急的拉萨河抵达拉萨。

春节过后，张林刚的菜籽在拉萨郊区的八一农场播种了。不久，拉萨人民和驻军官兵都吃上了祖国内地的水萝卜和大白菜。

八一农场的官兵们还辟出一大片地方作为籽种基地，让它们出薹、开花、结籽。

白的萝卜花开了！

黄的白菜花开了！

蜜蜂也飞过来凑热闹。

秋天又会是个好收成。

萝卜花开，白菜花开。

一年又一年……

多事的朱老六

朱老六非本名也，排行第六得此名。

五十八岁的朱老六是个多事之人。走到大街上，见有人围拢一堆，他就会过去，看下究竟。如需插嘴，他就会插下嘴；如需动手帮忙他就会动下手。哪里有个车祸，他也会走过去围观，有时甚或当一下见证人；哪里有吵架斗殴，他准会奔过去看一下，如若可能他就会解劝解劝，使局面得以好转；发现有人有哪样病痛，他定会靠过去，将有限的医学知识传授给对方，兴许还真能起到作用哩！

下边就说一件他曾施以援手的事情吧。

那天下午他上街游玩，走着走着就发现有一男子坐在街边上的石凳上。男子六十岁开外，杂白的头发乱草似的长在头上，脸部刻满了杂乱无章的皱纹，蓬头垢面的。

再看其手，朱老六就发现了此人的问题，两只手一模一样，所有关节全部往外夸张地拱凸，透过皮肤还能看到拱凸处白色的物质，这一点立刻引起了朱老六的兴趣，于是他很快走了过去。

"师傅，您的手……"

"噢，痛风。好多年了。"

"多少年了？"

"七八年了吧。"

“痛得厉害吗？”

“厉害得很呢！晚上都睡不着觉。”

“那怎么办？得瞧一瞧啊！”

“看过了，看过好多次了。”

朱老六慢慢坐下来，坐在那人旁边：“大哥，医生怎么说啊？”

“医生也没怎么说，他就开药给我吃，说是能减少尿酸。”

朱老六见人病得挺严重，热心地说道：“你这病不懂的人不知道，但懂行人晓得，这病很痛、很受罪的。”

“谁说不是呢，夜里痛得我简直睡不着觉啊！”

“不光吃药，你还得忌嘴，有些东西不能吃的！”朱老六又热心热肠地说，“比如豆腐之类的就不能吃。”

那人说：“是的，现在豆制品，还有青豆米我都不吃。”

“花菜也不能吃，里面含有嘌呤物质。”

“是的，人家说嘌呤这东西是痛风的根源，我很注意的，比方说，肉汤上边的那一层我都不吃，把它撇掉。”

朱老六听了，想笑，但还得忍住，他说：“那不是嘌呤，嘌呤这东西不一定看得到。”

“是吗？我还认为那都是嘌呤呢！”

朱老六说：“你知道啤酒也不能喝吗？”

那人说：“这我倒知道，啤酒我原来喝，那东西灌进肚又解渴又过瘾，这下我一点都不沾了。”

“还有海鲜，也不能吃，更不能啤酒海鲜一块儿吃，”朱老六说，“不是说啤酒加海鲜等于痛风嘛！”

那人说：“您说得对，现在啤酒海鲜我一样都不碰。”

“噢，对了，”朱老六又说，“那个新品种的芥蓝菜也不能吃，就是叶子上有白粉的。”

“这个我倒不知道，谢谢您了。”痛风者很感激地说。

朱老六说：“你吃的药起作用吗？”

“作用还是有的，不吃的时候痛，吃了手脚就不痛了。医生说，吃了药尿酸会被往里吸。”那人动了一下身子说，“但是不吃就又痛了。”

这时的朱老六就想起了自己关节炎的事。前两年腿关节疼，听人说，有个叫王草药的小姑娘在城中村二楼开了个“王草药药铺”，说是挺神的，什么病都能治好。他买了药粉回来，真的吃了就好了。但第二天又疼，吃了又好，不吃就又疼。后来听说药里有止疼药、麻醉剂，伤大脑，伤神经，还伤心脏，朱老六就不敢再吃了，后来有人说王草药是个江湖骗子，被抓了。

想到这个事，朱老六赶紧对那人说：“你是说吃了不痛，不吃就又痛是吗？”

“是啊，吃下去就不痛了。第二天关节又开始痛，但吃了这个药很快又不痛了，好舒服的……”

朱老六极关切地说：“这药你怕是不能再吃了。”

“为什么？”

“这药怕有问题……有些药添加乱七八糟的东西，不但不治病还害人。”

那人说：“这药是医生开医院拿的，怕不会……”

朱老六说：“那不一定，医院进货的渠道很乱，有些药厂为了利润不择手段……”

过了一会儿，朱老六真诚地说：“买药要买对，买真能治病的药。我上回……”

朱老六想把一片真心、一片热心全部倾倒给对方，巴不得他的病快快除去。

真可谓一片冰心在玉壶。

然而，朱老六正说得顺风顺水、酣畅淋漓的时候，那人却猛地站起身急急地走远了。

可朱老六有不少话还没交代完呢，这怎么能行呢？大哥，不给你说完你会吃亏的呀！

想到这里，朱老六立刻站了起来，朝那人急急地奔了过去。

“大哥，我告诉你，我那回……”他边追边喊叫着。

但那人就像没听到一样，根本没有停歇的打算，你追得快人家走得更快。那意思准是，我可不能让你追上！

不过朱老六并没生气。他想，再怎么我也得追上你，把我知道的事情全告诉你。

于是他就更加拼命地朝前奔。

朱老六走了一会儿，见那人快速走过斑马线，走到前边一环路的对过去了，于是就决定，一不做二不休，干脆横穿马路算了。这时，只见他穿过急湍的汽车流，跳过街心的护栏，又紧紧跟上了患者。

“大哥——”他急迫地喊了一句。

听到喊声，那人越发加紧了脚步。他呢，也是可着命地朝前赶。

就这样，他竟追到那人所住的五楼家门口了。

见他追了上来，前面的人赶忙开开防盗门，“砰”的一声就把大门给关上了。

“大哥、大哥——”他又执着地喊起来。

喊了好一会儿，里边却是鸦雀无声。

“大哥，我有话要跟你说，你开下门嘛！”他又叫。

这时，屋内终于传过来一句粗声大嗓的吼叫声。

声音实在、有力——

“请你赶快走人！再不走我就要报警了！”

原载《微型小说月报》2019年7期

青草花

她是一个年轻的女子。

她在用心地制作一个青草花环。

这草花本是很好做的。

就是用一把青草系上一个结便做成了。这个结便是一个草花。

她每次编制都格外认真、用心。

她是给她的心上人编制的。

她在山上采来最鲜绿最茁壮的青草，用最纯洁、甘洌的山泉水洗净，晾干，再进行制作。她先用手把草结分开一点缝隙，并将其变圆，这样，看上去就真像一朵青绿色的花儿了。

远处的马蹄声雄壮沉重地传过来，由远及近。在她心里，这马队的足音是世界上最悦耳、美妙的歌声了——她的心上人阿虎可能就要来到她的身旁了。

她在悉心制作着这朵青绿的花。

每当马蹄声传来时，她都会做上一枚。

那是对阿虎到来的期盼。

可是，马蹄声远去了，她的阿虎还是没有到来。

阿虎是马帮队员，生得英俊健壮。阿虎能吹出好听的笛音。正是这好听的笛音，紧紧地把这两个人缠绕在了一起。

然而，男子汉要赚钱养家，男子汉也向往着传奇般的生活。马帮要翻山越岭从云南经藏东南到达印度。

阿虎随马帮出发了。

返回滇西，阿虎就要迎娶心上人做他的新娘了。

他腰间别上了一把腰刀。

这腰刀是她送给他的。

她的父亲也是一名马帮队员。

是一名身经百战的老马帮成员了。

在他手上砍死的土匪已不计其数。

他是不愿杀死任何一个土匪的，因为每一个人都是一条鲜活的生命啊！可那一次，来抢东西的土匪已砍死了马帮六个兄弟。正有说有笑的兄弟，转眼之间就倒在了血泊之中。他爆发了，一出手，就用腰刀砍掉了三个土匪的首级。他眼红了，他不顾一切了，一连挥刀杀死十三个匪徒。

他的名声传遍了马帮，也传遍了所有匪帮。以至于土匪行劫之时，听到他的名字便会落荒而逃。

正是那一天，他解救了被土匪抢来的民女，民女后来成了他的夫人。

也正是那一天，他得到了土匪身上的这把腰刀。

几十年后，年迈的父亲离开了马帮。离开马帮的父亲把腰刀给了她。

当时她并不理解父亲的做法。

自从有了阿虎，她理解了。她把父亲的腰刀送给了阿虎。

早先，父亲用挣来的钱给母亲在驿路上开了个茶店，供马帮和南来北往的客人饮茶歇脚。

母亲上了年岁，母亲把茶铺送给了她。

她为阿虎编制草花的地方就是这个小小的茶铺。她盼望阿虎的身影能早日出现在这个温暖的茶铺内。

婚礼上她要把草花编成花环亲手戴到阿虎的脖子上。

可她的阿虎再也没有回来。

听回来的人讲：那天，土匪虽然不算太多，但个个用的都是土枪，当时，再锋利的腰刀也派不上用场了。

听到这个消息，她惊住了，呆住了，继而是泪如雨下……

等缓过神来，年轻美丽的她，抱着三个编好的花环，不顾一切地朝前边山崖边跑去。到了那里，她先是把花环一个一个地抛向山谷的上空，尔后一个纵身，跳向了青绿的深谷之中……

身着白底蓝花长裙的姑娘在山谷里飘荡着，如同一只美丽的蝴蝶……

卜 迁

这是一座普通的房舍。

这房舍除比外边的民居大一些外，其他方面并无多大差异。

这跟民居并无多大不同的房舍却是一座君主的宫殿。邾国国君邾文公，正坐于殿堂之上跟众臣僚进行争论。

争论的是迁都与否，也就是迁还是不迁。

公元前 627 年，鲁国起兵攻入邻国邾国，邾国大败，邾文公率部南退，绕莲青山西行，停停打打、打打停停，多少年过去了，至葭地方才安营扎寨安定下来。

鲁国本打算一鼓作气，穷追猛打，继续西进，将邾国一举歼灭，怎奈葭地芦苇丛生，沼泽苇荡深不可测，遍地有野兽出没，加之鲁国国君鲁僖公正好病逝，鲁军便偃旗息鼓决定班师。

至此，邾文公在葭地得以喘息。

于是，邾文公便在此安营扎寨，决定将葭地作为国都。

按说，对邾文公而言，一切都还算不错，虽失掉了老都城訾娄，但国家还是保住了，没有当亡国奴；訾娄虽被鲁国霸占，邾鲁关系总归又复归于好；邾国国富当然谈不上，但民安还是可以说的。

作为一个小国的国君，邾文公应该是欣慰和满足了。

但他没有。

十三年来，邾文公一直都在为迁都的事情忧心忡忡。他觉得，随时都会有敌国的千军万马向葭地杀奔而来，向这个国都杀奔而来。多少次在睡梦里，自己甚至被震天的喊杀声惊出冷汗……

他知道，作为国都所在地的葭地是一个很不理想的所在。这里是一个易攻难守的地方，这里不像原都訾娄，訾娄四面环山，只有东西南北四个山口。这里没有大山，这里没有大川，这里有的只是一望无际的平地……

邾文公一直都在忧虑着，一直都在思考着迁都的事宜……

现在他终于下定了决心，终于作出了赶快迁都的决定。

现在是公元前614年四月。

邾文公想：如果不迁都，如果国都出现闪失，邾国出现闪失，他籧篨（邾文公名）就愧对祖宗，愧对百姓，死后便无颜面见列祖列宗了。

根据邾文公的意愿，经过多次派人勘察筛选，邾国中部偏西的峄山被邾文公选定。

据说此处还有一条河流，可谓依山傍水、易守难攻之地，况且还有驻军把守，邾文公甚是满意。

但是问题出现了。

邾文公请卜筮官占卜吉凶，其结果却不甚理想。卜筮官占卜的结果是：迁都峄山“利于民而不利于君”。

就是说，国都如若迁于此处，国君则很快会去世。

于是宫廷内君臣出现了眼下的争执。

邾文公端坐于大堂之上。

众臣僚劝道：“在葭立都有利于主公延年益寿，可以延年益寿的事主公何不争取呢？”

文公说："生命的价值在于对国民有利，生命的长短不过是个时间问题，迁都峄山有利于国民，只要有利于国民就迁吧！"

文公的两位夫人齐姜、晋姬哭闹着说："人命关天，主公要三思而行！"

邾文公说："我出生于粗席之上，故名为籧篨。葭地芦苇遍地，我知道离开芦苇我就有生命之忧，但此地处于邾国西陲，国都供养劳民费力，事务传报很不方便，东西不利相互照应。久居葭地必将耗空国力，加上易攻难守，岂不坐以待毙？"

说到这里邾文公拿起笔写下了下面的字："苟利于民，孤之利也。天生民而树之君，以利之也。民既利矣，孤必与焉。"

邾文公在一班文武护驾下，乘辇来到峄山之南。邾文公顾不得疲乏，亲自察看地势地貌，参与都邑的规划和建设。

忽一日，新都城建设正如火如荼之际，有人火速知会公息相和众文武官员去邾文公住地，很远就听见众人的哭声从宫里传出。原来，邾文公在阅看都城建设图时突然去世……

此时为公元前 614 年五月的一天。

岔 味

秦二今年六十岁。

秦二今年想学一下电脑。

秦二是一个小公司的老板。由于文化程度不高，就雇了个大学生来当他的经理。按说这经理小伙，对工作提得起放得下，对电脑也很精通，较大的事情由秦二出面拿主意，秦二当个甩手老板也就行了，什么电脑不电脑的还有什么必要去学?

可他近来却突发奇想，想看看电脑到底是怎么回事，心里也明白明白。除此之外，秦二心里还有自己的一个小九九——学会电脑就能当一个心知肚明的老板，就不会被小经理暗地里忽悠。

真巧，就在这个时候，秦二见到了一则电脑培训班通知，是在拓城市市中区图书馆的大门口。秦二就想，这可真是瞌睡碰着了枕头，便打算仔仔细细、认认真真瞧上一下。

看来，图书馆对这张海报的制作是下足了功夫的：海报一人多高，一米来宽，精美的图画配精美的文字，一张高档的闪着光的厚纸。

后来秦二才知道，不光大门口有这个大海报，一楼大厅内、二楼电脑室门口都立着一张精美海报。

待秦二细细看了，心中顿生凉意：一年办班两次，秋季班刚过不久，春季班要到明年春天，得等半年的时日。

秦二虽是个小公司老板，却没有多少能耐，全是他老爸辛苦打下的这个小基业，老爸一死，秦二就接手当了老板。但他的耐心还是不错的，春季就春季吧！

秦二懒懒地想。

春季培训班终于开课了。上午九点半秦二按时赶到了开班典礼的会议室，找了个座位坐下来。

九点五十分，开班典礼正式开始。

秦二到的时候，典礼的舞台上就摆下了一排小长桌，长桌上铺着白桌布，后来陆陆续续坐下了与培训有关的几个人。

女主持人站起来说话。她说，为期三个上午的夕阳红培训班于今天开班了，培训时间是这三天的上午九点半至十一点半。接着她介绍了一下培训班领导和老师，然后就请领导讲话。

领导讲完话主持人又说，希望大家都要好好学，因为结束时都要写个总结，总结都要交上来，领导要交给上级抽看。接着她好像压了点嗓门，说道，希望各位老同志写总结时都写一下好听的，多写一些我们馆长的好话……

十一点钟，开学仪式终于结束，学员们纷纷到二楼电脑室进行电脑培训。

四十岁出头的女教师，开始给大家上课。

她先让二十个左右的学员每人在一个台式电脑前坐下。然后她说，希望大家说话时声音放小，旁边有复习功课的学生们在学习；希望大家不要迟到早退，有事请假；希望大家好好学习，后天上午还要写自我总结……

过了一会儿，女老师看了一眼手机说：“好了，十一点半了，今天就到这儿了，明天上午九点半我们准时上课。”

第一天就这样过去了。

第二天上午九点半，同学们从拓城的四面八方准时到达。

女教师说，现在上课，首先教大家开机关机。接着她说，先开主机的开关，地上的箱子是主机，开关在机顶，然后开屏幕的开关，在屏幕的右下角。她边讲边在一台机子上操作，继而让大家实践。

这时有一位老人说找不到屏幕开关，女教师急急忙忙过去教他。

把老人教会之后，女教师说现在教大家用鼠标写字。她首先教学员们如何调出写字板，再打开用鼠标写字的板块，让大家用鼠标在上面乱画。

秦二按女教师教的依样画葫芦，用鼠标画出一些蚯蚓一样的黑线，弯来绕去的。

女教师说，大家要多练多画，以后写字时才得心应手。

一个上午就这样又过去了。

女教师说，今天到此结束，下课。

次日上午，女教师教学员们用鼠标写字，而后再点到写字板上去。

秦二写了“秦二”两个字，又写了“中国”两个字，再写了“中华人民共和国”几个字。秦二写得很生硬、很吃力，半天写不出一个字来，有好多次写的是在“是”与“不是”之间，好多回都让电脑的辨别出现错误。

十点十分，女教师说话了。女教师说，上课就到此结束，现在开始写学习总结，希望大家写快一些，因为十点四十要在会议室参加结业典礼。

秦二交了总结，但是感到心情不太好，便问身旁的女教师："培训班就结业了？"

女教师答："是啊！结业了啊！"

秦二说："好像什么都没学到。"

"秋季班你还可以再报名学习嘛！"

"还教这些？"

"……"女教师没有回答。

结业典礼结束，秦二感到肚子饿了，掏出昨天剩下的半段火腿肠来吃。天气太热，他刚咬了一口，就觉得这火腿肠完全岔味了。

原载《微型小说月报》2019年11期

门 外

父亲刚出差回家，就有客户打电话来说想请父母到馆子吃顿饭。

父亲有个习惯，只要我这个宝贝儿子在家，他不管三七二十一总要把我带上。可这回我打心眼里就不愿去。除了我已二十出头，老大不小了以外，还有一个三口人都知晓的原因。

“爸，我不去了！”

“为什么？”爸明知故问。

“我……我有事……”

爸哪肯听我分说，抓住我的衣服就往外拽。这是老爸的脾气。

驱车去馆子的路上，我的心情跟车外的天气差不多：铅板似的云层，外加淅淅沥沥的小雨。

客户是个四十多岁的胖男人，腆着个大肚子。胖男人的话很多，不过，目的无外乎一个，就是想用他的三寸不烂之舌求我父亲的公司能进他们厂子的成药。我爸是单位的采购员。

可那天，事有不巧，他和老爸的酒喝了还不到二十分钟，馆子里呼呼啦啦就进来了一大帮子人，这些人正好是父亲原单位的同事。

同事们发现了父亲，不由分说，稀里哗啦就把我们拉到了那个大圆桌子旁。

胖子见状，也只有向我老爸就此告别的分儿了。

“赵建国，你这次出差没能参加曙光厂建厂四十周年活动，你肯定会遗憾终生！”一个阿姨的大嗓门。

我爸不屑地说：“有这么严重吗？不至于吧！”

阿姨说：“不信你瞧电视！”

原来，桌子前的大彩电里正放着录像呢！

画面上是个大水库，水库的山坡上覆盖着绿草，水库的水碧波荡漾着。山坡上的人们正满怀豪情地在唱着歌，指挥正是身旁的这位阿姨。

“身在大山望北京，学工想念毛泽东，战斗时想你有方向，黑夜里想你心里明……”

摄影师的水平不低，好些叔叔阿姨流泪的镜头他都捕捉到了。泪花在阳光下闪烁，映得画面既悲壮又美丽。

爸爸说，这是他们在三线厂时，学工排排长改编的一首歌，那时他们经常唱；爸爸又说，这个水库是他们常用汽油桶拉水的地方，水库距他们住的油毛毡棚有两三公里呢！

接着饭馆里响起了现场叔叔阿姨们的歌声：“战斗时想你有方向，黑夜里想你心里明……”

看来，他们都很怀念那段大山里的战斗生活，个个唱得都激情似火。

我和妈妈竟然也跟着他们哼了起来。

画面上切出了一个油毛毡棚。那位阿姨说，曙光厂搬省城后，那里成了一家民营厂，这排油毛毡棚加固后做了这个厂的仓库。爸爸说，原来有四长排油毛毡棚，是他们厂四个学工排学工的宿舍。

录像里又出现了叔叔阿姨们的身影，他们坐在棚子后边的野草地上，有人在朗读据说是当年三排长的一篇发言稿（三排长有事来不了)："……青年时代是人生中最美好的时光，我们正是把这最美好的时光，还有我们的激情、汗水和热血献给了那片大地。……此时此刻，我怎能不想起，去铁路边运砖，风雨中大卡车上的我们；又怎能不想起，我们夜以继日盖厂房、装设备的战斗；又怎能不想起，我们在大山里的友情、困难、欢乐和风雨中的歌声……"

有泪水再一次从他们已青春不再的脸庞滑落……

老爸对我说，四个学工排的排长都是分来的大学生，同他们一起分来的男女大学生有一百多名，还有一批老厂来的职工，爸爸和阿姨他们四百多人是从省城和一个专城初中学生中招来的学工，再加上百号的复转军人，组成了这个军工厂。爸爸说，当时很艰苦，住草棚睡通铺；一切的物资用品都要从山外拉进来；晚上生了急病要步行几里野狼出没的山路到设在农村的卫生室去看。

老爸说，拉砖的地方在很远的铁路边上，运砖时常常遇上狂风暴雨。"你瞧，那就是当年运砖的地方！"老爸激动地喊了一声。

屏幕上闪过铁路后，一座烈士陵园的画面进入我们的眼帘。老爸说，二十世纪六十年代初修铁路牺牲了很多战士，他们就长眠在那里，运砖时爸爸他们常去陵园瞻仰。

"虽然艰苦、劳累，但我们个个都很欢乐，心里充满了无限豪情。"爸爸这样对我说。

阿姨对我妈妈说："四十年过去了，工厂也搬到了省城，可那里是我们无法忘怀的地方，我们的青春、汗水和热血留在了那里。工厂虽因军品下马而倒闭了，我们群众还是自发地举办了这次纪念活动。有个癌症患者身体太弱，我们建议她不要去了，可她还是挣扎着爬上了汽车……”

我工大毕业后找工作很困难，不是人家不要，就是我不喜欢，前不久找了家又脏又累的建筑公司，他们倒是很欢迎我，可我仍很排斥。而清闲的工作又找不到，这让我心里……

此时的我，心里突然有一股热流在开始涌动……

会餐结束了，我随父母走出门外，门外的行道树被雨水冲浇得一片新绿，上方的云隙后边是可爱的蓝。

天晴了。

赵六的健康秘诀

赵六的性格不好。

这性格不好，就导致了他总跟别人有吵不完的架。在家里吵，在大街上吵，在菜市场吵，在饭馆也吵。吃早点肉帽给少了一点跟人家吵，面条硬了点跟人家吵，煮软了点也跟人家吵。农贸市场买菜，斤头短了几钱同别人吵，多收了他一角钱也必须吵。

不光吵，有时还会骂，甚至于还要打。

有一次，我就见到赵六跟别人打架。

那天买鱼，卖鱼汉子说收你十三块。赵六说，我算的是十二块九。对方说，是十二块九，但我就收你十三块，你买就买，不买拉倒。赵六说，我就给你十二块九，你卖也得卖，不卖也得卖。对方说，一个大老爷们儿，女人不如。只这一句话，赵六的脸就青了，脖子上的筋也暴涨起来。

于是场面失控。

说时迟那时快，只见赵六奔过去就给对方两个大嘴巴。对方也是条汉子，自然不会受这个气，两人就扭打在了一起。

赵六原本的脾气还是可以的，待人接物、说话办事都还不错。

就是厂里裁员把他裁下来后脾气就变了。

有一回，我听他在那里很气愤地说，老子干革命干了二十八年，兜屁股一脚就给老子踢出来了，辛辛苦苦大半辈子，三万块钱就给老子打发了（买断工龄），你说气人不气人。

还有一次他叨叨咕咕地说，我这辈子真背时，才刚进了初中门就吆鸭子似的给吆到农村去了；没文化，返城只能进些老街道办企业；后来结婚呢，又偏偏赶上了“只生一个好”。真是点子低躲不开鬼，一步赶不上，步步赶不上。这下好了，有工资的老父亲走了；没工资的老母亲连买米钱都要我们姊妹几个给；儿子没考上高中，初中毕业的人只能去当个千多块钱的小保安；我这下又被踢出了工厂门，真是越想老子越鬼火起。说完，提起脚就把地上一个倒霉的核桃踢到墙上摔了个“脑浆开花”。

赵六小时候还是很有理想抱负的，他想成为一个有名望有成就的人。上小学时成绩很好，年年第一。可后来一切都不如意，被裁后更感失望，更感与原来的抱负大相径庭，不如人的日子叫他心中的鬼火如何不旺……

这样的脾气，这样的心情，这样的不如人，赵六的身体能好得了吗？

数年过去，他的身体垮下来了。

他皮肤黄黑，发如枯草，颧骨突出，两腮沉陷，双眸无光……

赵六一蹶不振，成了这般模样。

赵六的身体完了！

然而，世界上的事又怎能说得清楚？

据说，后来赵六的身体又变好了。不仅恢复了原来的状态，还越发壮实了。

原因竟是出在他的落魄样子上。

那天赵六出门办事，路经一个大门口时，门内突然蹿出一只恶狗来。这恶狗并不怎么硕大，但看起来性格凶猛，属面带杀气、老子天下第一的那种。当时它见赵六瘦骨嶙峋、蓬头垢面、邋里邋遢，必是叫花子无疑，于是汪汪着就冲了过来。哪知它遇上的是赵六这样的对手。赵六正有气无处发泄，赵六想，你小子竟主动找上门来了。只见赵六弯腰捡了一块石头不偏不倚正砸在了恶狗的身上。恶狗怎咽得下这种气，就眼射凶光、面带冷恶之气狂叫着如饿虎扑食般扑了过来。赵六见状，顺手又拿起半块砖头狠命掷向对方。没被砸到的恶犬不依不饶地继续向赵六反扑。此刻的赵六一不做二不休，找了一根大木棍撒腿就朝狂狗奔过去。恶狗兴许是第一次碰上这样的人物吧，见势不妙，只好狂叫着向后撤。

怒火中烧的赵六哪肯作罢，只见他凶巴巴地尾随恶狗穷追不舍。

于是，精彩的故事就在他穷追不舍之后发生了。

长院子后门外是一条小街，斜对面扯着红布标的饺子店门前正有黑压压一大堆人聚在那里。走到近处，看清“拓城吃饺子冠军赛”布标的赵六二话没说立马就报了个名。

跟狗较量的事早就丢到九霄云外去了。

对于久不见荤腥的赵六来说，众人哪里是他的对手，狼吞虎咽的赵六吃了一盘又一盘，最后以一百九十个饺子的战绩荣登榜首，成为拓城吃饺子冠军……

于是奇迹出现了。

一个月过后，人们再见到赵六时，赵六的气色变好了不少，头发也顺溜了一些，光亮了一些。

又一个月过去，人们看到赵六的瘦脸长出了些许的肉来，面上也出现了不少的红润。

再一个月过去，赵六的变化就更多了：脸上带着红光，眼眸闪着光亮，头发也不时有光亮闪动，身子骨也硬朗壮实了很多。

再后来，听说精气神挺好的赵六还在一家单位干上了一份差事。

看来，赵六的身体是相当健康了。

不过，认识他的人都很纳闷，赵六的身体怎么突然就壮实了呢？

原载《环球游报》2018 年 1 月 26 日

高原上的歌声

吃过午饭，陈荭给在民族大学当打字员的表姐打电话，刚按下电话键，一阵热辣辣的男子的烈酒似的歌声直截了当地闯进了她的耳中。

这歌声很热烈、很奔放，就像高原上哗哗作响的强烈的太阳光，就像狂猛飙刮的高原风，在万马奔腾般火热旋律的伴奏下，如同狂风暴雨般席卷而来。

这歌声紧紧地抓住了陈荭的心。

陈荭陶醉在了这烈酒般的歌声里。

陈荭去过迪庆高原，省城长大的她对那里的一切都倍觉新奇，那里的喇嘛庙，那里的撒着格桑花的白绿相间的草原，那粗犷的高原上的歌声……

可只待了两天就回来了，年轻的她又涌进了大城市的人流车流，涌进了日复一日的生活里……

歌声停止，陈荭这才想起打电话的事，赶紧说道："表姐我是小荭，那件毛衣……"

她是想问表姐一件毛衣花纹的打法。她认为表姐的手机可能是刚换了彩铃。

"什么表姐表妹，什么毛衣不毛衣的……"始料不及，手机里传过来的是一个青年男子的声音。

声音很冲，很粗野。

“请问您是表姐夫的弟弟吗?”陈莛知道表姐夫有个弟弟,常到表姐家里去,在省民族大学当驾驶员。

“什么弟弟哥哥的,你到底找谁呀?”青年很不耐烦。

陈莛仍不甘心,因为她坚信自己拨的是表姐的手机。

她依旧不放弃地问:“请问您是民大的吗?”

“是啊,我是民大的!”

“您贵姓?您是姓沈吗?”

“你连我贵姓都不知道,你打我的电话?”

说完立马就挂了手机。

听了这粗鲁的话语,陈莛感觉很受伤,她虽然意识到是自己拨错了号码,但他也不应如此说话。

然而此刻的她已顾及不了这些,她鬼使神差地已被彩铃中的歌声和歌声背后的男青年吸引住了。

陈莛想,世上歌儿千万首,他选中的是这一首……

此时,她的心里似有一股热浪在翻滚……

热辣辣的藏族歌曲又开始在她心里缭绕、撞击……

男青年的蹩脚普通话又开始在她心里盘旋、回荡……

藏族青年、省民大大四的学生或者研究生……这些个名词在陈莛心中跳动……

于是她又琢磨起了那个拨错的手机号码。

于是她就又拿起手机。

陈莛想再听一次那段歌曲。

她甚至还想……

可是那个歌声再也没有出现,虽然她试着按了好几个可能按错的号码。

她突然想起了民大的表姐。

陈菈决定立即到表姐那儿去。

陈菈向表姐请教了毛衣花纹的打法后，对表姐吐露了心迹。她说，我无法忘掉那首歌和那个出言不逊的人，我总想着高原上那金子般的太阳光、高原上的雪山和高原上呼啦作响的劲风。他肯定是民大的藏族学生，表姐是民大的，表姐帮帮我，我想见到他……

表姐笑起来，说："小菈，你真是幼稚到了极点，因为一首歌你竟爱上了一个人，况且还不是他唱的歌。"

"表姐你要知道，文如其人，歌也会如其人，他选这首歌说明他也是这样的人。"

"再说了，你连这个人都没见过呀！"

"我听到他的声音了！"

"他的声音？他的声音是出言不逊啊！"

陈菈说："但是，我就是……表姐，你就帮帮我吧！"

"我怎么帮你啊？这么大个学校！"

"你可以，你可以到各个系各个班去帮我了解一下，有哪些是藏族男生。"

"我既不是老师，也不是校长！"

"你毕竟是教工呀，姐姐！"

"小妹，我越想越不靠谱，这完全是大海捞针！我就不明白，你一个漂亮的大学生，工作又这么好，多少小伙子追求过你，你却偏偏……"

"我也不知道，我就是……"

"问题是不好找啊！你想想，那么多班那么多学生，人家不笑我才怪。还有，你怎么就知道他肯定是藏族呢？"

这时，陈菈突然不说话了，她似乎突然想到了什么。

她说："算了，表姐，我突然想到了个办法，你也不用挨班帮我统计了，我打算到校教务处去，那里肯定会有……"

说完，也不听表姐的劝阻，也不在表姐家吃饭了，她出门就径直向教务处奔去……

原载《云南经济日报》2013 年 12 月 2 日

三只小钢碗

“爷爷，过几天我就回去看您，您的身体好吗？”我在美国给国内的爷爷打电话。

“刚刚，你听爷爷的话，你不用回来，学习这么忙，机票又这么贵！我身体好着呢！”

“爷爷，您血压高，走路慢着点，特别是上下楼梯……现在血压怎么样啊？”

“我天天吃降压片，控制得还不错。你真的不用回来！”

“你装了铜球的那条腿还好使唤吧？”

“好使唤，上下楼我提个小拉车包都没有问题！你就放心吧，啊！”

“爷爷，我们毕业了，毕业证都发了，我在纽约找了份酒店部门经理的工作。趁这个空当我回去看看您！您不要再说了，拜拜！”

回到国内见到八十六岁高龄的爷爷后，心里是又兴奋又难过……

爷爷生有一女一子，女儿在二十岁时去世，当时我父亲才十八岁，那时我奶奶已先我姑妈而去了。正可谓福无双降祸不单行，在我六岁刚上小学那年，发生车祸，我的父母又双双亡故，以后的日子真是可怜了我们爷孙两个了。

爷爷是南下干部，十六岁的爷爷 1942 年从江苏参加新四军，他随部队从江苏打到广东，又打到贵州，再打到他安家的这个西南边疆省份的省会城市。

爷爷来这里先在郊区炮兵团当参谋长，后来当团长，再后来就转来地方手扶拖拉机厂当副厂长，直到六十岁离休。

听爷爷说，他跟奶奶结婚时已三十五岁了。奶奶是一家工厂的工人，老家在一个县城，奶奶是血吸虫病出血而死。我父母结婚后，爷爷又曾找过一个老伴，也是奶奶老家那边的人，竟然又是血吸虫病发作而死。爷爷说，他俩结婚的第三个年头，他带她到北京玩，正在故宫参观之时，她病情发作，流血不止，到医院不久就去世了。

完全是爷爷一个人把我养大，读了小学、初中、高中，后来又送我到美国上大学……

爷爷虽然又老了许多，稀疏的发楂里，少量的黑发也全不见了踪影，头上成了一片花花搭搭的“白霜地”，可看上去他还没全垮下来，还有年轻时硬朗身板的痕迹。

他兴奋得像个孩子，他上上下下把我打量了好几遍，然后拿出糖果、饼干和水果给我吃，我面前茶几上的东西都堆成了小山。

见到爷爷还算硬朗的身体，我悬着的心就基本放下了。我高兴地吃着糖果。

午饭后我们继续交谈，聊聊爷爷的身体，谈谈我在美国的学习生活，我们交谈得非常愉快，不时发出爽朗的笑声。

一切都按我所想象的情况进行着……

然而我未曾想到的是，后来竟出现了下边的一幕——

吃过午饭，洗刷完毕，我和爷爷在客厅坐下没多久，一只灰毛老鼠从客厅门口就溜了进来。老鼠的动作很敏捷，有个词叫贼眉鼠眼，用这个词形容这时的它很恰当，它用小眼睛只扫了我们那么一眼，就快速地钻到我们坐的长沙发背后去了。

这时的我不由得激灵了一下，想站起来去捕获它。

可爷爷却制止了我。

过了一会儿，小东西竟从沙发的另一端又钻了出来。这时的它仍是一副贼眉鼠眼的模样，可镇定了许多，它甚至还专注地望了爷爷一眼，似乎还有几分坦然。

此时，只见爷爷站起身，从食品柜背后取出三只不锈钢小碗来，摆在食品柜前的水泥地上。小碗不大，平底，还闪着微微的亮光。

接着，爷爷把饼干渣和刚才的剩饭分别置于两个小碗内，继而又拿上一个小碗去灶房端来了半碗水……

我静静地观察着爷爷的每一个动作……

爷爷坐回我身边的时候，小东西就开始吃起来。

小东西吃得很香甜，它拖着长尾巴，一会儿去吃饼干一会儿去吃剩饭，一会儿还抬起头来看上爷爷一两秒钟。

饭吃饱了，它便到第三个碗前全神贯注地埋头饮起水来……

在这个过程中，爷爷还不时地念叨上这么一句："吃吧，吃饱肚子才好去玩！"

我明白了一切……

这个时候，有一滴水珠滑过我的腮边，滚落到了裤子上……

也就是这个时候，我改变了回美国工作的决定。

桂　枝

那天我在市里见到了村里的桂枝姐。

这里原来是叫县的，后来改叫市了。

“桂枝姐。”我上前叫她。

她凝望着我，说：“噢，这不是那个兄弟呀！”

“桂枝姐，进城买东西啊？”

“不是，我在城里当保姆！”她爽朗地笑了一声。

她的这句话让我的心“咯噔”震动了一下。

我们这里是孔孟之乡，我们那个村又是县里最偏僻的一个村寨。从前，别说女同志了，就是爷们儿外出的也不多。

我大学毕业后分到大西南的拓城工作。

退休后，回老家县城居住。不想，才回来三个月竟遇到了本村进城打工的一个老太太。

听了她的话，除了有些心酸外还感到几分新奇。

经我建议，我们在路边一条水泥凳上坐下来。

“桂枝姐，你多大年纪了？”

“我七十一了，比你大两岁。”

我紧跟着说道：“都这把年纪了，人家还用你啊！”

桂枝姐说：“哪里呀，我隐瞒年龄了，我瞒了十岁！”

我抬眼看了一下对方：短发头是亮晃晃的黑色，上身一件档次虽不高，但也算体面的绿色短大衣，脚上穿的是一双人造革黑皮鞋。

说她六十出头也勉强说得过去。

“桂枝姐，您这么大岁数了，头发还这么好！看上去也就是六十一二。”

“不是的，”她咧嘴笑了一下，“是染的，我头发都白了一多半了。”

桂枝是一个性格活跃、喜好新鲜事物的女子。小时候，因为家里穷，也因是个女孩子，没能进过一天学校门儿。虽然大字不识一个，但她在十七八岁时却加入了村里的共青团；自由恋爱，跟本村一男青年结婚后跟一帮大姑娘小媳妇还建立了干姊妹关系；十里八村哪里来了唱戏的也邀上几个人跑去听，不时还学着哼上两句……

无奈家境贫寒又身在偏僻之地，加之生养了五个儿女……

人生之河无情地流过去了。

她双手被人生之河冲洗得又糙又干。

额头上也留下两条干枯的支流。

桂枝姐变成了与别人无二的老太太。

“桂枝姐，你在城里具体干什么呀？”我问她。

她笑着说：“原先伺候一个生病的老太太，后来她死了。”

“现在呢？”

“现在给另一家做家务。”

“这家有病人吗？”我问道。

桂枝说：“没有病人，两个年轻人，有一个五岁的宝贝儿子，两口子忙不过来。”

紧接着她又说道：“以后我不想伺候有症候的老年人了。”

“为什么？”我说。

“快死的病人，以后我不打算伺候了……”

这样一说，我当然明白了她的意思。

我说：“一个月发你多少工资啊？”

桂枝姐说：“管吃管住一千二。”

“你觉得一千二怎么样啊？”

“说多不多，说少不少，还算满意。”桂枝姐笑了笑说，“像从前，咱哪见过这么多钱呀！年轻那阵儿没有这样的机会，后来儿女大了又得带孙子。现在好了，又有这样的机会，孙子们也大了，所以……”

我说：“是这样啊。不过，人老了，要注意身体！”

桂枝姐很不以为然，坚定地说：“说老干什么，别说老……”

过了一会儿桂枝姐又说道：“不过，这两天我得叫他们给我加工资。”

“人家不加给你怎么办？”我看着她说。

“不加我就换个主去做。”

“找不到人家呢？”

“我得先找好人家再提加工资的事儿。”桂枝姐说，“前几天我问过了，现在就有个人家想要我。”

我笑着望了她一眼，有点夸她聪明的意思。

“你桂枝姐不憨！”她咯咯地笑了一声。

问了我一些情况后，桂枝姐又说道：“我要好好地活着，好好地赶社会……”

“毕竟人老了，还是得注意身体！”我无意中又这样说了一句。

这时，桂枝姐又坚定地说一句：“说老干什么，别说老……”

理 发

谢大林头发长长了。

谢大林距上次理发已有一个半月了。

他决定今天前去理发。

谢大林是个有身份的人，退休前是某厅级机关的一名处级干部，像他这样的人，本该去个上档次的发廊，可他偏偏看中了街边老孙的手艺。多少年来，他都是到老孙那儿去理发。

五十一二岁的老孙下岗多年了，下岗后的他不久就干上了理发这个行当。按他的话说就是，这个行当想上班就上班，想下班就下班，没人吆五喝六地管着——图个自由。

老孙选的理发地点很特别，也足见其智慧。在城乡接合部的一公路桥下面，这里非理发者一般不会光顾，前边又有半遮半掩的灌木丛做掩护，城管的黑衣小伙子们也懒得到这里走动。常常能逃过他们的“骚扰”。

所以老孙得以长年累月在这“世外桃源”般的地方上班。

“孙师傅没下班吧？”谢大林来的时间是下午五点差五分，他知道老孙五点收摊是不成文的约定俗成。

“没呢！”

谢大林见一个客人都没有，说：“那就麻烦你帮我理一下吧！”

“没得事。”

于是，谢大林便端坐于折叠椅之上。

老孙很快给谢大林在胸前围上一大块白围布，后边脖子上围上毛巾。

突然，谢大林“哥伦布发现新大陆”似的说：“孙师怎么了？你的脸色咋个……”

“没得哪样。”老孙边回答边开始操作推剪。

不知为何，从墙上的镜子里，谢大林总觉老孙跟平时不大一样，尤其是难看的脸色。

“孙师怎么了？是身体不舒服吗？”

“没，没得哪样！”

“噢，没得就好！只是……”谢大林欲言又止。

终于没忍住，过了一会儿，谢大林又说道：“你的脸色……”

……

电推剪在谢大林的脑袋上嗡嗡作响……

又推了一会儿，老孙终于把话说出口来：“午饭后，和老婆拌了下嘴……”

“这不算什么孙师，两个人磕磕绊绊难免。”谢大林说。

老孙说：“这个人太强势，她还给老子摔碗……”

电推剪在谢大林脑袋上继续嗡嗡作响。

“哎呀！”老孙条件反射地喊了一声。

谢大林应声往镜子里望了一眼。

不望不要紧，这一望，立刻就发现了自己脑袋上的状况——右耳上方的头发足足往里多推了半寸多，还露出了一长条白白的头皮，让人一看，如同狗啃的一般。谢大林心里自然不爽，差一点就要说出难听的话来，但为了不伤和气不致造成尴尬，谢大林还是忍住，难听的话则咽进了肚子里。

老孙的脸则是大红布一般的红。

发理完了，谢大林站起身来。

老孙红着脸说：“不好意思了，对不起了……”

“没事。”谢大林边小声地说了这么一句边掏出五块钱来给他。

老孙接过钱后又立马从裤包里取出三块钱来递过去。

谢大林先是一愣，继而把钱推过去说：“五块钱是你的工钱，你应该收着。”

老孙又把钱擩过去：“这三块你得拿着。”

谢大林又把钱推过去：“你不收我就不来理了！”

老孙说：“理不理是以后的事，这个钱你一定得收！”

看拗不过他，谢大林只好把这钱收下了。

“再见！”谢大林走了，走了几步又回过头来给老孙打了下招呼。

“再见！”老孙踏实地说。

胡大姐旅游记

“江老师，你好!”

“请问你是……”

“我是你的学生，当时你教我们双补……教几何，教得非常好!”女子满面兴奋地说着。

我说：“是的是的，有这么回事。时间很久了，怕有三十多年了吧!”

女子说：“有三十多年了，那时我刚好三十，你还不到四十。”

双补的事，我当然记得，那时国家有规定，对这些刚进初中门就工作了的工人要统一双补。那时我是工厂宣教科负责人，又是之前的老大学生，当双补老师自然就是分内的工作了。可不久我就调到了新闻单位，时间又过去这么多年，所以就感到双补之事对现在来说十分遥远。

“那你贵姓呢?”

“我姓胡。”

“胡英!”我脱口而出。

胡英兴高采烈地说：“江老师，你知道我干什么去了吗?”

我看了一下她的两轮行李箱。

没等我回答，胡英就快速地说：“我旅游去了！刚下飞机！欧洲七国!”

“噢！”为她高兴的同时我也来了兴致，“你这回的七国有哪七国呀？”

“德国……法国……捷克……哎呀不好意思记不住了！”

“嗯？怎么？”“旅游费多少？”我立刻补了一句。

“两万四。”

“看来你有钱呀！”

“一个穷退休工人有哪样钱啊！”

“我早就想去了，就是没有钱，拖到这会儿才去。”胡英看着我很满足地说下去，“江老师，我现在也可以体面地说，我也是出过国的人了！”

“对了对了，我在外国照了好多好多照片，我给你瞧瞧！”胡英从小斜肩包里取手机的当儿，又补一句，“别人发微信我还不是可以发！”

“嗯？怎么？”我心里惊诧了一下。

胡英掏出手机，立刻就从相册里调出一张张的照片来：有在街道上照的，有在草坪前的，有在河边拍的，有在古建筑前的。

看来胡英下足了功夫，照相时姿势是多种多样的：有的是双手叉腰，有的是双臂展开，有的是仰头看天，有的是双腿交叉……有的是坐有的是站……应有尽有。

照相时的容貌和着装胡英也进行了精心打理：面部敷粉的厚薄，口红的深浅浓淡，穿裙装还是裤子，她都细心进行了设计……

发型也出现了多种变化。

胡英一张一张地点着。

我一张一张地浏览着。

“这里是哪里?”我问胡英。

“莱茵河吧……”

“这里呢?”我指着凯旋门这张问。

“凯旋门。”她说得很干脆。

过了一会儿，我指着卢浮宫问胡英:“这是哪里呀?”

“这里……这里……”胡英笑了起来，“不好意思，记不起来了!”

后来，我指着凡尔赛宫等景点问胡英，她全都支支吾吾答不上来。

我说:“小胡，这些地方你连名字都叫不上来，你这不是白去了吗?”

胡英的回答令我又一次吃了一惊。

“是的，江老师，我也有这种感觉。”胡英说，“去欧洲旅游了一次哪样都没记住，就像没去过一样!”

“不过，我的收获还是很大的!”胡英接着又说道。

我问她:“什么收获啊?”

“发微信呀!”胡英脱口而出。

胡英说:“我发了很多微信，朋友圈、微信群……该发的我都发了。我发了好多好多照片……我要让他们都认得，不光你们出过国，发了照片，我胡英也出得起国，也照了很多很多照片……”

听着她的话，我的心又明显地震颤了一下。

天哪……我的心一阵悲凉……

神机妙算

我是市报的记者。

最近，我打算给一家鸭制品公司写篇报道，听说这家鸭制品公司工作搞得不错。

现在，我和助手小林下了公交车正走在去这家公司的小路上。

这家名叫丫丫公司的单位是一家村办企业。

丫丫公司是鸭业一条龙单位。从产蛋到孵化，到养殖，再到鸭制品推销上市，全由公司自己进行，是名副其实的一条龙产业。

他们带着我参观过企业的整条生产线。

厂房的背后有一大片澄澈碧透的湖水。湖是由塌陷的煤矿形成，这里是方圆几十公里十几个地下煤矿中的一个，年数长了，煤挖完了，几场大雨过后，便形成了塌方。

我们沿着湖岸欣赏完水面大面积的鸭群，便到其他各个工序处进行参观。

说实在的，他们的各个工序各个车间的工作还是很不错的，作为一个村办企业，能有如此较为先进的机械设备和工艺流程，对我来说，甚至有些出乎意料。

但对于有的事情，不瞒各位，我还是很有些看法的。

边在小路上行走，我就边琢磨这个问题。

没过多久，我就跟小林说了。

我说："小林，你说今天他们会让咱俩进公司大门吗？"

"当然让进了，他们巴不得我们早点来呢！"

"为什么？"我顺嘴问一句。

小林说："这还用问？早去，了解的情况更多，写的文章更好呗！"

我说："不见得，我猜他们连大门都不让我们进。"

"为什么？"小林怪怪地望着我，"你怎么知道？"

我笑着说道："我怎么知道，我会掐指一算。"

小林走过来摸摸我的脑门："看来你是生病了，赶快去看医生吧！"

小林说完，狐疑地看着我，哈哈大笑起来。

然而遗憾的是，事情真的被我言中了。

来到公司大门口时，一根挡拦车辆的木杆就横在了我们的面前。一旁的人行道处，公司办的秦主任是一副不准我们进门的架势。

小林见状赶忙上前："秦主任，让我们进……"

"不好意思，你们不可以进公司。"秦主任立刻说道。

小林说："我们是来采访，给你们写……"

"这我知道，但不能进！"

"为什么？"小林说。

秦主任说："不为什么，是公司领导发话。"

返城的路上，小林一脸不解，沮丧地问我到底为什么，你怎么会知道。

我仍笑嘻嘻地说，我不是说过嘛，我会掐指一算。

小林当然不会相信。

在小林的再三追问下，我只好说出了实情。

我说，你还记得昨天参观饲料车间时我说过的话吗？小林说，谁还记得。我说你再想想。

小林突然醍醐灌顶一样笑着说："我记起来了，你说饲料这么长，鸭子吃起来不费力吗？"

我说："算你脑袋开窍了。"

我接着说："这是我在饲养场采访时那里的师傅向我反映的，鸭子常常被饲料卡脖子。"

因为丫丫公司的几个问题还没搞清楚，必须还得去几天。

第二天一早我们硬着头皮又上路了。

路上小林问我，今天还是不让进怎么办？

我说，今天他们不会了，今天他们会将大门为我们敞开。

"今天你又怎么会知道？"小林问我。

我笑着说："怎么又忘记了，我不是会掐指一算嘛！"

"狗屁！"小林边说边捶了我一拳。

不出所料，刚到门口，秦主任就兴高采烈地说："赶快请进，赶快请进，两位老师！"说着，秦主任的右手还做了个邀请的动作。

进门后，小林即刻小声问我怎么回事。

这回我没卖关子，也没说我会掐指一算。我只急忙说了一句，等会儿再说。

采访完毕，当然就是去吃午饭。

饭桌上比往日更加隆重。前几天，陪同我们吃饭的只是秦主任一人，今天除秦主任外，还多了公司经理和公司书记，桌上菜的档次也明显高了许多。

走出公司大门，刚刚走在乡间小路上的时候，小林就急不可耐地问我："这到底怎么回事啊？"

“你猜猜。”我笑望着小林。

小林说：“我可没这么大本事！”

“其实事情挺简单，”我说，“我表哥是他们公司总经理的秘书。”

“噢，是这样……”小林说完，一路再没说一句话。

治疗过程

我曾经历过这样一件事。

我出差回来的第三天早上，妻刚起床就对正洗脸的我说，她全身痒痒，肯定是我出差带回疥疮病来了。我说怎么会呢？我住的可都是大宾馆！妻说，大宾馆怎么了，住大宾馆的就不兴生疥疮了？

“问题是，问题是我并没有痒痒啊！”

哪知，第五天我也全身发痒了。而且，这痒还挺厉害，可以用奇痒无比来形容。于是，我和妻就开始拼命地抓，抓了腿抓背脊，抓了背脊抓胳膊。一两天下来，抓痕已遍布全身，重伤区几乎可用皮开肉绽来形容了。

传染来了疥疮看来是无可辩驳的事实了。

得了疥疮，实在令人烦恼。可我并未见妻子像我一样手足无措，她是个遇事有主见的人。只见她嘟着个脸买来了疥疮灵；嘟着脸换洗了床单和被套；睡觉前不高兴地自己浑身擦一遍疥疮灵后再命令我擦。我们遵照药店工作人员的嘱咐和说明书上的要求，早晚各擦一遍，认真地擦，仔细地擦。并将换下来的衣物，一应用滚烫的开水烫上几遍，再放到大太阳底下暴晒上一番。就这样，还不能忘了一天洗一回澡……

为了使疥虫早日死光死净，我们确实做到了严肃认真、一丝不苟。

然而一个月过去了，两个月过了，疥疮灵膏已用了七八盒，却总觉得效果不大。这就更让妻子和我心里冒鬼火。

这一天，妻子从外边回来，略带笑容地对我说：“这下有办法了，朋友说，治疥疮硫黄膏最管用，比什么药都好……”

这样，我们就换成了药店买来的小塑桶装的黄色硫黄膏。

这硫黄膏虽然比疥疮灵粗糙得多，抹到身上，有些细沙状的颗粒感，但感觉不错，刚搓到身上就感到有点隐隐作痛。我和妻都很高兴：药物对路——皮肤痛不就能杀死那些该死的小动物吗?

我们又开始了严肃认真、一丝不苟地对待：每天洗一次澡；早晚各抹一回；搓的时候，全都搓到；内衣每天换；被套、床单常常烫。我们咬牙切齿地想，看你疥虫这回还能往哪里逃!

就这样，一周过去了，一个月过去了，两个月过去了。但仍未见好的迹象。我们烦躁如初，我们心慌照旧。我们又开始抓，我们就没停止过抓。我们咬着牙又增加了剂量。可惜一切都是枉然，我们痛苦万分……

忽一日，媳妇欣喜若狂地对我说：“这回有救了，绝对的，我有个朋友的哥哥，前个月长疥疮，只擦了一个礼拜就痊愈了，进口药，中文名叫……叫……皮炎清!”

如同打了一针强心剂，妻的信心又上来了。她把牙膏状药膏的塑料盖拧下，用剪刀将金属封口剪掉就开始毫不吝啬地往身上挤。

紧接着又恢复了前两回的流程：一天两遍地搓擦；一天一次地洗澡；三天两头地烫洗衣物……

看来这药膏很见效，才擦上一小会儿就明显地感到有效果——很快全身就不痒了。那感觉真好。天啊，半年多钻心的奇痒，顿时一扫而光了。“皮炎清万岁！”我俩抱在一起竟振臂高呼起来。

可惜的是我们高兴得太早了。

几个小时过后，皮肤竟渐渐又恢复了原样，又开始瘙痒难忍。

几天下来，天天如此：刚抹擦上去，痒感渐消，舒服至极；可半天过去痒痛复袭，又身心难耐（后来，听说药内含大量激素，能够止痒）。

天啊，我们该如何是好啊！

或许，正应了天无绝人之路一语，一次无意间遇到的人却解决了我们的难题。

星期天我跟妻到公园去玩，坐在长椅上心情烦躁地述说我们的境况时，另一条长椅上的那个男子竟老熟人似的插起话来。男子四十多岁，一脸高深莫测的表情。

他说：“你们的病我能治好！”

我们表示怀疑：“我们的疥疮你能治得好？”

“是的，绝对能治好，百分之百！”

我们当然不大相信，也许是求医心切之故吧，我还是问道：“你用什么医？药膏吗？”

“不！用草药。”他仍然高深莫测，却也不失真诚。

令我们没想到的是，在他私人药铺开的四服中草药才喝了三服，疥疮竟真的从我们身上神奇地消失了，消失得无影无踪，彻彻底底。

我和妻惊讶得说不出话来。

人世间能有这样的奇事吗？

买了水果，我们到他的中药铺看他，他跟我们说破了个中的奥妙。他说："你们的病根本就不是疥疮，而是血热病，你们饮食相同，生活环境一样，得了相同的病。这种情况我见过好多了。"

这件事深深地触动了我：看来，有时候换一种思维方式去思考问题，或许出路就在眼前呢！

绣十字绣的女人

前不久，我曾先后遇见过三个绣十字绣的女人。

近年来，绣十字绣的人越来越多了，时不时地就会见到一两个女子在那里钩刺。有时在公园，有时在店铺门口，有时在医院里。由于工作较忙，从前基本上都没怎么跟绣工们过多交谈过。

因为记者的职业之故，更因为时间充裕了一些，前见天，我与这三个女人都进行了较长时间的交流。

第一个是在医院里，那次我妻子住院，请的女护工刚好会绣十字绣，忙活完活计，女护工就拿出一大卷十字绣来进行钩织。

“噢！你还会绣十字绣？跟谁学的？”我坐在凳子上问她。

“一个朋友。”女护工边钩边回答我。

“是，人有门手艺好。”我喝了一口水说，“有门手艺就不会饿肚子。”

“谈不上哪样手艺，不过混碗饭吃。”过了一会儿，她又说，“家里穷，除了当护工，再钩点十字绣帮补帮补。”

“钩这一大块绣要多少时间？”

“见缝插针地钩，得半年。”

女子三十三四岁，黝黑的皮肤，脑后扎了个“马尾巴”，一看便知是个农村人。

看我好奇，她展开了整幅画布。

画布很鲜艳，像一个旅游景点。有山有水有房舍，有绿树，还有五颜六色的鲜花。

“这一幅能卖多少钱？得卖一千块吧？”我是尽量往多处说。

孰料她说出了如下的数字：“能卖六千。半年的功夫呢！”

“好漂亮噢！”我脱口说道。

见她不言语，我又说道：“你看多漂亮，有树有花的！”

这时她说：“反正照葫芦画瓢，照图案钩就是，管它漂亮不漂亮的。”

第二次交谈是在两天之后。那天她刚洗完锅碗，边擦手边对我说：“大叔，其实我对刺十字绣一点儿都不喜欢。”

“为什么？”我问。

“又伤眼睛又伤神的，挺费事！”

我说：“那你不绣不就完了吗？”

女护工停了一下说道：“现在肚子基本都能吃饱了，但我们农村经济不好，我两个娃娃上学用钱猛得很，光靠当护工的钱哪里够？干活的空隙正好用上……”

第二个绣女是在城乡接合部的一个小公园见到的。那天我在公园跑步，一转脸就发现那片树荫下，有一女子正坐在一块白石上织绣。女子二十七八岁，短发，白净脸，鼻梁上还架了副白边眼镜，属知识分子型的乡下女子。

怕引起误会，我上前搭讪时带上了几分谨慎。没想到，女子倒显得挺大方。当时，她迎接我的全是欢迎和热情。对钩十字绣的观点跟那个女护工也大相径庭。

她把我让到身旁另一块白石上后说，她高中二年级文化，现在是一边打工一边绣十字绣。她说，刚绣时只是为了养家糊口，谈不上喜欢，慢慢地就爱上了。她指着快完工的那幅瓶插鲜花的图案说："你瞧这瓶花多鲜艳，哪个要是买去挂在客厅里肯定很好看！"她边说边打量这幅美丽的钩图。

我问她："你从前卖过吗？"

"前不久有个老板买了我一幅。"

"多少钱？"

"三千块。"她说，"但那一幅没这幅好看。"

"是吗。"

"那个花瓶太矮，有点俗，这回我设计成了长口瓶，高雅多了。"

我说："你还会设计？"

她说："简单的还可以，复杂的就不行了。上学时我的图画画得不错。"

她钩了几针停下后又说道："颜色也可以变一下，前次有一幅图，房子的颜色太暗了，我就调了一下线，效果挺好！"

过了一会儿，她又说道："这一阵我常常觉得，绣十字绣还是一件蛮有意义的事情。你想，如果有人把它买去挂在家里，不是很好的景观吗？"

第三个女人是在一条胡同里碰上的。

当时我到一个朋友家去玩，刚进胡同就见一个钩十字绣的女子正坐在早晨的太阳地里织绣。

暖阳、织女、丽锦，好一幅动人的图画。

正是这幅美图紧紧牵动了我。

女人四十岁左右，后来知晓是附近一户人家的保姆，看上去挺有几分干练。

女子的话绝对不像出自一保姆之口。她一开口就说："织绣挺累，也挺磨人，但是它很有意义……我很看好它的前景！"

接着她又说道："如果你把事做出意义来，那你就会很有兴趣了。”

我对此人刮目相看。

后来我在谈话中得知，她是一个下岗工人，下岗前是车间的一个班组长。

谈熟了，有些话就更好问了。

我说：“你说一个保姆工作也能做出意义来吗?”

对这个问题她没正面回答我，有点顾左右而言他。她说，她老母亲八十岁了，一生生有七个子女，很穷很累也很辛苦，是个家庭妇女，甚至还是个文盲，但是她这一生却活得有滋有味，活得很有盼头。

时间如白驹过隙，四年的光阴一晃就过去了。

四年后的一天，我到一小区办事，没想在那里又遇上了那个戴白边眼镜的女子。四年过去，女人几乎没有什么变化，样子、气质，还有眼镜一如从前。

从她的介绍中我知道了一切：三年前，她的一个老乡组织了一帮会织十字绣的乡下女子成立了一个织绣小工厂，后来改成了公司，就设在租用的小区闲置的俱乐部里。那个老乡任经理，她当公司的技术员和设计师，公司统一管理统一销售，个人的收入、公司的盈利和运转都挺好。

说句实在话，这些都是我没有想到的。

没想到的后边还有呢！当她把我领到公司的时候，我发现，坐在经理室里的那个女人正是当年的那个保姆，那些正钩织十字绣的女人堆里，我也一眼就发现了那个并不怎么喜欢织绣的护工。

三个女人三种工作，这让我思考良久……

原载《云南经济日报》2013 年 7 月 29 日

打针操作规程

护士王萍萍今年二十岁。

这天，王萍萍给病人打完针刚回到护士室才十几分钟，就有一个中年女子气势汹汹地来找她。女子一脸愠色。

“请问，王萍萍护士是哪一位？”女子面对着眼前的一群白大褂，面色很不好看。

“是我。请问……”王萍萍应声。

“是你啊！你可真能耐，看把我老公的手打成什么样子了！”

“不会吧！打完还好好的呢！”

“还不会吧，你自己去瞧瞧！手脖那里都肿成个馒头了！”

“我打针全是按操作规程打的呀！”

“操作规程，操作规程！你按的什么操作规程啊？”女子按捺住满心的火气。

王萍萍说：“操作规程就是我们打针的操作规定。我们给病人打针，都是按这个规程操作。诺，就是这个！就是这个十二条！”

王萍萍顺手指了下墙上的一张纸。

女子抬眼望去，最上端又粗又大的几个黑体字进入眼帘：××医院打针操作规程。

十多年来，医院同各行各业一样，为扭转工作不负责任的状况，制定了一些规章制度。尤其是医院，尤其是省城这家最大最有名气的医院，制定了一些很详细很具体的规定。医生有医生的，护士有护士的，门诊有门诊的，住院部有住院部的。院长也不例外——院长也有院长的。制定得认认真真，井井有条，看了，很让人踏实高兴。

十二条出来后，护士长下了很大功夫，要求所有护士能一字不落地背下来。王萍萍的记性不大好，心又粗，为了迎接院里的考试和卫生厅的抽查，护士长在她身上可没少使劲。

在王萍萍的刻苦努力和护士长的耐心帮助下，花了一个月的时间，她终于能顺畅地背出这个十二条了。

尽管如此，每次打针，王萍萍总还是把抄有十二条的小本子揣在身上，摊开在病人的旁边，一条一条地对照着进行，以便执行得更准确些。

到了病房，女子指着老公的手没好气地说："你看看，这只手肿成什么样子了！"

皱着眉头的男子说："胀得太疼了！疼得钻心！"

这时的王萍萍很是理直气壮。

王萍萍理直气壮地说："当时我问你，你说不疼啊！"

女人的老公强忍着疼痛，说："那时是不咋个疼，可你走后不多久就……"

王萍萍说："我性子是有些急，打得是快了一点，但按十二条上的第五条规定我是边推边问了你疼不疼的呀！你也看到的，我是把那个小本子摊开放在床上的呀！"

三号床上的老大爷实在听不下去了，就对王萍萍说："姑娘，这就是你的不对了，打得好不好要看事实，要看病人的感觉，人家肿成这个样子，说明你打得太猛了。"

看着护士气鼓鼓地还想说什么，老大爷没给她留机会，又说道："四号床出院的小伙子，前不久你给他打针，血管还没找准你就往里推。幸亏当时肿了，你才换了另一只手。小伙子的妈说你，你还跟人家回嘴！"

王萍萍仍然不服气："问题我都是按规定办的呀！我都是把小本本带在身上打针时就翻开对照着打，院里的十二条我都是严格执行的呀！"

女人见王护士仍是这个态度，更加生气地说："照你这么说你就一点错都没有了？"

王萍萍说："我不认为我有什么错。……刚才你不在现场，什么也没看到。一进来我把托盘放下后，就掏出小本子摊开在你老公的被子上，第一条是找血管，第二条是擦酒精……第五条就是问病人疼不疼……当时我明明白白问了他的，请问，我哪一个步骤有错？"

说完王萍萍转身就走出了病房。

病房里留下了一片愕然和无奈……

话说下午，病房里来了一个新病人，安顿在刚出院病人的二号空床上。病人五十七八岁的样子，一副退休工人的模样。

不多时，病友们都听说了一件没想到的事情：该病号不是别人，正是护士王萍萍的父亲。

三点多钟，王萍萍给父亲打针来了。

三位病友和女子都静静地屏息观察。

他们想观察王萍萍如何掏出小本，如何用心地一条条进行对照。

然而，他们没有料到，王萍萍并没有掏出小本子，当然也就没有把小本子摊开在床上，更没有一二三四地去对照。

王萍萍打完针走了，病友们都争先恐后地问起这个特殊的病人来。

“王师傅，疼吗？”

“不疼，只像蚊子轻轻叮了一下。”

“血管找得准吗？”

“萍萍找得很准，只一下，针头就戳进去了。”

一刻钟过去了，半小时过去了，老人的手腕果然仍平展如初，一点都没肿胀。只有一个若有若无的小红点印在那里，宛若一朵美丽的小红花正在那里微笑。

女子的老公望望那个小红点，再看看自己的手，心里很不是滋味，不由仰天哈哈大笑起来。

豆花奶奶

馆子不大，地方也不显眼，一条小街的拐角处。

光线、通风却不错。

门大，窗大，采光也佳。

这就是豆花奶奶的工作室。

豆腐脑在拓城叫豆花，豆花米线就是用豆腐脑做的米线。豆花奶奶七十有五的年纪了，虽然体态丰盈，行走倒还稳当。花白短发下的脸盘上虽有几个浅麻点，也未见影响她作为普通人中上等的容貌。

这天我又来到这家餐馆。

“张师傅，来一碗豆花米线。”我说。

不多时，老太太就将一碗热腾腾香喷喷的豆花米线和一小碗飘着葱花的汤水端到了我的面前。这个时候，她亲切的笑容，颤巍巍走路的姿态，很让人感到一种扑面而来的温暖。

老太太是拓城郊区农村人，十九岁结婚后就做了家庭妇女，给城里的工人丈夫生儿育女。儿女长大了，老人就卖起豆花米线来。

听她说，早先在市中心开米线馆，后来拓城丈夫的农具厂迁到了环城路外，她的米线馆也就搬到了一二环之间的这个地方，距农具厂很近。

豆花米线是拓城的名小吃之一。

早点或正餐，人们往往到餐馆品尝上一碗豆花米线。

拓城能吃到豆花米线的餐馆不少，然多是米线餐馆里的小兄弟，专营豆花米线的馆子应属稀有品种。如老太太这样，进货、烫制、销售仅其一人的，恐怕属于罕见了。

老太太的活做得很细。

有一天她对我说，米线都是她亲自去买的。一是专采酸浆米线，酸浆米线粗、糯、润、滑，入味，香；二是专买老米线厂那家的货，菜市场米线摊位，哪家的好哪家的一般她心里有数。韭菜要买细短的那种香韭菜，一定要嫩，紫根的更佳。买豆花她全是到东南角那家去买，那家是用上好的黄豆作料，做的豆腐香豆花也香。这家豆花做得嫩，舀到碗里颤颤地抖动着，还透着豆花和卤水的清香之气呢！

一天我去她那里吃早点。我一边吃豆花米线，她一边颇有味道地告诉我："做豆花米线一定要摆花生糁，要选山地小粒红花生作料，研的时候要粗细适中，不要太粗，也不能像粉末一样的细。"她说，炒花生很有讲究，要用铁锅微火，不能不熟也不能过，不能煳，出锅后去掉红皮再研。

给新来的客人做好米线后，老人洗了把手又坐下来跟我说：腌菜最好用四川芽菜，咱们本地的酸腌菜也行，剁得越细越好。还要放榨菜，把榨菜剁成碎丁，也是越细越好。

肉帽得用心地炒制，肉要肥瘦适中，人工剁，机器绞的不行。炒的时候，面酱、酱油都不能少，炒出来呈咖啡色，不光香还要耐看。

酱油、酸醋我全用本地拓东老厂的产品。老太太兴致勃勃地说着，眼眸里闪动着明亮的光芒。她接着说道，制作时，米线一定得烫透，多烫一会儿，这样才好吃。然后舀上肉帽，摆上煮过一把的豆花及各种配料、作料，最后再摆上面酱、辣酱、味精、鸡精和几滴芝麻油。

老人说得有滋有味，已吃过了的我，简直又想再来它一碗了。

三十年过去了，老人由中年至老年再至暮年。一个中年妇女变成了老太太。来吃豆花米线的有老顾客，也有换了一批又一批的新人。没变的是这个小而又小的小屋：原来的黑色瓦房，简陋的门窗，仅坐得下十余人的空间和那四五个原色方木桌。

这些，三十年都没变。

当然，没变的还有香润馋人的豆花米线和老太太的微笑。

三十年过去了。

一间普通的小屋，一个普通的老太太。

人们都巴望去那里过过嘴瘾，解解馋。

“走，去老太太那里吃豆花米线去！”认识的人常常这般说。

这里成了附近人眼里的一道风景。

中午放学的时间到了，家远一点的孩子们又都背着书包跑来了。

老太太咯咯地笑着往制作间走去。

戴红领巾的小学生们，把双肩书包往桌子上一丢就朝小窗口拥。

孩子们争先恐后地喊着：

“奶奶，我来一碗豆花米线！”

“奶奶，给我一碗豆花米线！”

在老太太心里，这些脆生生的童声，比天籁之音不知要好听多少倍哩！

小锅老奶

咚咚咚——

我第三次敲响老太太的门。

这次终于听到了动静，不久门就打开了一条缝。

“你找哪位？”中年男子在门缝里问我。

我说：“不好意思，请问韦老太太是住这儿吗？”

“她是我妈，她到我大哥家去了，可能下礼拜才回来。”门缝比刚才大了一些。

第二个礼拜我来敲门，中年男子说，大哥他们带着他妈去鸡足山旅游去了，过几天就回来。

韦老太太还是没有见到。

韦老太太已进望九之年，身体还算可以。早先，她在街拐角处开了一家米线馆，专营小锅米线。因为她的手艺好，做的米线好吃，常常食客盈门，来吃她小锅米线的人不少。

我是食客之一，雷打不动，每天早点必来此吃上一碗香喷喷热腾腾的米线。一来二往，日子长了便成了老太太的朋友。

然而好景不长，食馆租用的平房属违章建筑，在政府拆除之列。拆除变成绿化地后，一来找不到地点、价格合适的门面；二来老人年事已高，于是决定关门大吉，过上了退休生活。

转眼五年过去。

这天，街上车流如织，人声鼎沸，走在喧闹大街上的我，突然听到喊我名字的声音。

喊我的正是韦老太太。

韦老太太看上去苍老了一些，但仍不失前几年开馆子时的风采。

“噢，韦老板您好！”我立刻上前打招呼。

寒暄之后，老太太向我说了这么一句话：“我家就在前面，一会儿告诉你门牌号码，得闲过来我给你煮米线吃。”

她是做小锅米线的高人，我当然很喜欢吃，可在当今如此现实的社会，我怎么可以做无功受禄之事，白吃人家的东西呢？

“算了韦师傅，以后你开馆子我再过来吃。”

“怎么能算了呢？你过来就是了，馆子怕不会开了。”

虽然答应了下来，但我还是未能赴约。日子一长，此事便忘记了。

几个月后的一天，在人行道上又遇到了韦老太太。一遇上她就又旧话重提。

“大妹子，你怎么不过来呀！你说话不算数，过几天一定过来呀！”

我想了一下，说道：“这样吧，过几天我过去，但你不要做小锅米线，我过来玩玩就行了！”

这次终于见到了韦老太太。这是我第三回去她家的时候。

只敲了三下，老太太就把门打开了。虽然已八十余岁，看上去身子骨还不失硬朗，银发下的双眸里闪着光亮。

在我看来，老太太最念念不忘的仍是她的小锅米线。你看，刚递给我一杯普洱饼茶，接着就说要给我做小锅米线。我当然立刻就制止了她。

感到拗不过我，也就只好坐下来跟我聊天。

闲聊中，我知道了老太太的大概状况：解放前拓城二女中高中毕业，为没考上大学而遗憾，解放后嫁给了一个南下干部；现在六个子女六个孙辈。接着又聊起了过快增长的物价。

再后来，我主动把话说到了小锅米线上。

我说："韦师傅，你小锅米线做得这么好吃，有什么高招，能不能传授一下？"

提到这个话题，老太太即刻就兴奋起来，好像整个身心都充溢着激情。

她说，她母亲就是一个小锅米线高手，从小就受老母亲的熏染，长大后，学习和工作之余又经常跟妈妈学习。

老太太说，煮小锅米线汤很重要，要买上好的猪肉煮汤，要膘子厚的大猪肉。肉末也要上等猪肉，要手工剁，以瘦肉为主，肥瘦适中，要剁细；韭菜要用半粗不细的鲜嫩韭菜，把下半身切掉，净用上半身，把洗净的韭菜切成一段一段的，三厘米长短为佳；豌豆苗绝对要选肥嫩健壮的那种，摘用豆苗尖部分，清水洗净。

说这些事情的时候，韦老太太两颊红通通的，愉快的心情溢于言表。

说到烧煮过程，韦老太太说得津津有味。她说，掌握好火候是很重要的一环，火要猛一些，烧制时不要生也不能过。米线她喜欢酸浆米线，酸浆米线粗粗的、糯糯的、滑滑的，还微带一点酸味，口感特别好。再一点就是煮剁肉。往汤里放剁肉时千万不要搅拌，要叫它一坨一坨的，这样，吃起来有肉的原味，肉香味格外的浓。还有，就是韭菜、豌豆苗绝对不要煮过，韭菜段儿要脆，豌豆苗要鲜绿。另外，就是要摆剁细的酸腌菜。这样，再配以酱油、酸醋、味精和炼过的植物油……

说到这里，老太太似乎突然想起了什么，猛地站起来就径直往灶房那边走去。我自然明白她要干什么，于是站起身赶紧前去制止。可是执拗的老太太根本不听。到得灶房，拿起铁勺锅，舀上肉汤，就打火烧煮起小锅米线来。看来，这些米线和原料是她家里的随备之物，全家每天都得吃一回小锅米线哩！

一碗热气腾腾的小锅米线端到我的面前，扑鼻的香气一下子就飘了过来。

我吃着鲜香可口的米线，觉得好吃极了。

老太太看着我，脸上溢出的全是笑。我知道，这笑里传递出的是无比的幸福和满足。

这时，我突然明白了一个道理——是啊，顾客的喜欢才是制作者最想要的啊！

同　梦

这天，塘坝村小队长王文学，吃过早饭刚来到小队部不久，就有三个人从大门进到院子里来。

“老王，在吗？”

“在呢在呢。”听到有人问话，王文学随口答道。

说话的是矮个子村委会主任。

这个行政村位于滇中山区，下面有五个自然村，分布在几个山脚或山坡上，塘坝是其中之一。

见是村主任，王文学就急忙放下正咕嘟着的老竹水烟筒赶紧迎了上去。

边抽烟喝茶，村主任边给王文学介绍来人的身份。

村主任说：“这位是县农机局孙副局长，那位是乡农机站站长小陈。”

紧接着村主任又说：“今天两位来的任务是……”

说到这里，村主任想到了什么似的突然说：“老王，联合国赠送给你们的那台收割机还在吗？”

听到村主任的问话，王文学脑海里即刻就闪出了十年前的那个画面来。

十年前，为支援发展中国家的农业，联合国粮农组织向部分国家赠送了一批收割机。当时，云南分到十部，塘坝运气好摊到一部。

那时的场面好热闹哟！彩旗飘飘，锣鼓喧天的。那天，村支书、县农机局、乡农机站的人兴奋地坐在后边的面包车里，驾驶员小伙子腰系红绸将小房子一样大的红色收割机开进塘坝村，又开到了水田旁边的道路上……

当时，五个自然村的村民都站在大路两旁夹道欢迎，有些人举着小彩旗不停地挥舞，人群中还不时地喊出“欢迎欢迎”“感谢感谢”的富于节奏感的口号。

可谓热闹非凡。

“在。”王文学很随意地说。

“在哪里？”村主任问。

王文学说：“不就是在那里嘛！路边边上。”

孙副局长边抽烟边和蔼地说：“那台机子从来都没用过吗？”

“根本就没用过！”王文学说。

“为什么呢？”

小陈边呼噜王文学的水烟筒边说：“机器太大了，施展不开，用不上。”

王文学喝了一口茶水说道：“用什么用啊，我们的地小块小块的，孙局长你可以去瞧瞧，不少地都是山坡上的梯田，平坝的田也不大，那么大个收割机……”

村主任接过小陈递过来的老竹水烟筒，吸了两口烟，说：“老王你后来去瞧过没有？”

“去看过两次，”王文学说，“有的部位都生锈了，要不是我用塑料布盖着，怕早就……”

孙副局长说：“这么多年村里就没人提起过它？”

“谁会管它，都这么忙的！”过了一会儿，王文学又说，“你看看，现在的人有的忙着去城里打工，有的忙着去县上乡上做生意，谁会管那堆废铁!”

听到这里，一丝不易察觉的痉挛在孙副局长的面部掠过。

孙副局长半天没说话，面色很沉重。

过了一会儿，在孙副局长的提议下，王文学带着他们去路边看了一下收割机，三个人就离塘坝村而去了。

据王文学观察，孙副局长和小陈都看得很仔细、认真，尤其孙副局长，看得更是细而又细，就像是有什么目的一样。这就让王文学和村主任心里萌动出一种说不清道不明的希望来。

当时，揭去塑料布后，整台大收割机就全裸露在明晃晃的太阳光之下了。孙副局长前后左右看了个遍，甚至还钻到底下爬到上面查看，发现外壳的底部有很多锈迹时，他还用手摸一摸擦一擦，甚至还拿餐巾纸用力擦拭。

然而二十多天过去了，王文学再也未得到什么消息，他原来的希望、冲动也渐渐淡去。

那个写着英文字的庞然大物照旧静卧在田边的土路上。

不过没几天，王文学竟听到了一个不知所以的消息，本村有人告诉他，说是那台收割机刚才被人开走了。他们开着一辆农用车来的，车上带着修理工具、充气瓶，还有一些零部件什么的。

这个消息使王文学心里又迸跳出几点希望的火星来。

半月后的一天，好消息果然就传来了。

村主任电话里对他说：好事情来了，县上把那台收割机卖给了外地的平坝地区，从省里买回来四台小型收割机，一会儿就开到塘坝了，你组织村民欢迎一下，一会儿就过来。

小型收割机的突突声从远处传过来了，村民们开始兴奋。

不一会儿，四台蓝色机器就开了过来。为首的驾驶员是十年前那个腰系红绸的小伙，孙副局长、小陈、村主任也站在后边的农用车厢里。

村民们开始沸腾了，有人又举起了小彩旗，有人敲起了锣鼓，有的妇女让怀里的娃娃也拍手。

好不热闹，好不欢喜。

第二天，王文学挑了三男一女四个年轻人，到乡上在小陈的带领下学习驾用技术，四个师傅就是开收割机到村里来的那四个小伙子。时间很短，十来天的光景，所有技术就全部教授完毕。

金秋到来了，田里的水稻都低下了沉甸甸的脑袋，一派喜人的丰收图景。

四个年轻人开着崭新的机器，应主人的邀请在各家各户的田坝里愉快地忙碌着。在灿烂的太阳光下，在机器的轰鸣声中，水稻一排排整齐地扑倒在地上，散发出诱人的馨香之气……

次日清晨，刚起床的王文学和妻子两个人说了这么一段话，在此照实记录于下：

王文学说："昨晚我做了一个梦。"

"什么梦？"妻子问。

"梦见几个穿旧军装的人在村里走动。"

妻子说："什么旧军装？解放初我们当小孩时，州上来咱们村的人穿的那种吗？"

"是啊！怎么？"

"昨晚我也梦见几个人在村里来回走着路，穿的也是那种衣裳……"

原载《云南经济日报》2015年6月1日

爱笑的老保安

“吃过早点了？”

“吃过了，你快去吃！”

这是我跟保安老陈早上经常的对话内容。

我是外单位退休职工，老保安所在公司食堂的早点做得好吃，不论米线还是面条都香甜可口，所以我总是去那里吃早点。

久而久之，我们变成了见面必打招呼的老熟人。

老保安是乡下的农民，今年六十多岁了。

老保安身体单薄，皮肤黑而粗糙，脸上的皱纹也特别多。

但是他的性格不错，说话时脸上总是带着笑容。不论跟谁说话总是笑嘻嘻乐呵呵的，开口之前，脸上早已堆满了笑容。

老陈穿的衣裳很少，一年四季，晴天雨天，全是一身暗蓝色保安服，一顶暗蓝色大盖帽，除一件土黄色衬衣外，里边从未见增加或更换过其他的衣物。

一天早晨下起了大雨，雨一停，我就去吃早点。形容拓城气候有一句话：四季不分明，一雨便成冬。这句俗话把这里的气候概括得很到位，你看，刚才还是暖暖和和的，现在竟冷风飕飕、寒气袭人起来。

但大门口的老陈仍是一身单薄的保安服和那件土黄色衬衣，不同的是他的腰变弯了，双脚不停地跺着，有时还碎步小跑。我到公司大门口时，老陈还是热情地跟我打招呼，乐呵呵笑嘻嘻的一如往昔。

过了年底，新一年的一月份就到来了。元月的一天，拓城的上空竟然飘起了雪花，对四季如春的拓城来说这可是罕见之事。不多时，雪越下越大了，白色的雪片从高空落下来，飘飘荡荡的，犹如数不清的白蝴蝶在漫天飞舞。

常言道，下雪不冷化雪冷。第二天一早，积雪初融时，寒气浸骨，冷风吹过脸庞如同刀刮一般，这对极少见雪的拓城人来说是个下马威。

没想到的是，此刻的老保安照旧还是那身保安服和那件土黄色的衬衣，与平日的着装毫无二致。我裹着棉大衣，路过大门口的时候，老陈弓着腰揣着手在值班室不停地走动着，鼻涕流到了嘴唇都不愿擦一下。

但他仍乐呵呵地跟我打招呼。

“吃早点了？”我问他。

“吃过了，你快去吃！”他笑嘻嘻答道，嘴里哈出的全是雾气。

公司共六个保安：大门口两个，机关大楼两个，后边的停车场两个。

一般来说分工是这样：不愁找不到工作的年轻人，个性强点的，或者有点背景的，值两个白班；找工作的困难户当然就只有上夜班。这原因嘛，大家都清楚，一来白班好值；二来两个白班工资翻番。你说谁不乐意值十六个小时的白班呢？

按照上面的条件，老陈自然只有值夜班的份儿了。据我所知，分工的时候年轻保安说，老陈，你值夜班吧。可以，老陈乐呵呵地应答。年轻保安说，按说夜班是夜里十一点接班早晨七点换班的，哎呀你老婆也不在拓城，你就早接半小时班晚下半小时班，帮我值一个小时吧！可以，听从队长你的安排，老陈当即笑着答应下来。

我跟他的见面和对话也就这样一次一次地进行下来。

可是有一天，我却突然想到一个问题：来这里吃早点已有半年的时间了，怎么就从未碰见过老陈吃早点呢？食堂早上几点开门？他又是几点去食堂吃饭的呢？

出于礼貌，我没好开口问他。

越不好问，我还越想知道。于是，我就按想好的方案采取了行动。

次晨一早，五点半我就爬了起来，六点就到了公司大门，当时我装作没看见他，径直朝里走。可能来得太早了，餐厅大门还紧锁着呢！这回我总该能得到答案了吧！我想。我心中窃喜。

然而没想到的是，从食堂开门到吃完米线再到食堂关门，竟始终未见到老陈的身影。答案仍未找到。

为了揭开谜底，第二天早晨一见到他，我就试探地问他：

“老陈，吃过早点了？”

“吃过了，你快去吃！”还是平日那句话。

“你昨天也吃了吗？”

“吃了！”老陈乐呵呵地笑着说。

“我怎么没看见你呀？”

老陈有点局促。局促过后，他往门外百米远的一家面食店努了一下嘴，咧咧嘴笑着说：“咳，早点嘛，就是点一下，吃个馒头不就解决了嘛！”

我当然理解个中缘由，立即说道：“是啊，一碗面条跟一个馒头差不多。再说，食堂这么远，门房也离不开呀！”

“是啊是啊，这里不能没人对吧？”他笑逐颜开地对我说。

过了一段时日，我又有了疑问，我跟他认识也不是一两天了，怎么就从未见他吃过馒头呢？

想到这里，我就打算像上次一样进行一次暗访。

那天早晨，我很早就来到馒头店，刚好碰上开门。馒头熟的时候我立刻买了两个吃了起来，然而二十分钟过去了，又二十分钟过去了，老陈并未出现，一直等到八点多了，仍然没见到老陈的面孔。

这个时候，我心里开始一阵一阵地发酸，因为我已经明白了事情的缘由。

时间过得真快，一转眼三个月就过去了。

三个月里，我决定终止“吃早点了”的话题。

三个月后的一天早晨，我又来到这个大门口。

突然发现当班者成了一个年轻的新面孔。我停下脚步向他问道：“你是新来的保安吗？”

“是的，有什么事？”

“老陈……他改班了？”

“不叫他干了，他回家了。”

“为什么？他不是正好好地干着吗？”

“说他年纪大了，公司不要他了。”

听了此话，不知怎的，我的心如同利针猛戳了一下，生疼生疼的。为了不让他看出我的心情来，我急忙向食堂快速走去。

逗 鸟

韩老倌今年七十有六。瘦高的个子，红红的脸膛，虽已古稀之年，头上稀疏的头发仍梳理得井井有条，纹丝不乱。

韩老倌是农具厂的工人，退休后不喜打麻将，不爱下象棋，不热老年大学的唱歌跳舞、书法绘画，不恋养狗遛狗，独好养鸟逗鸟。

说来，韩老倌从退休至现今养鸟也有二十一年的时间了。早点和午觉后，被老伴伺候得舒舒服服的韩老倌，拎着个鸟笼就在楼下路对过的平地上逗起鸟来了。

只见他先把鸟笼放在地上，把小马扎打开往地上一支，然后“哼”的一声就坐下来侍弄。

随着笼罩的揭开，竹笼门的拉起，黑羽小鸟在笼内贼惊惊转一圈后就倏地一下蹿出了笼门。

看来黑鸟对这地方已经很熟了。一出笼它就不停地欢快地双脚跳动着前行，并不时地啄吃地上的食物，别家的鸟儿过来了，它便扑棱一下飞过去，跟伙伴或叽叽喳喳地“聊天”“打架斗殴”，或两鸟亮翅双飞至树的枝头，引吭啁啾。

黑鸟对韩老倌就更熟了，在地上、枝头上玩腻了，就飞至主人的肩头，亲昵地蹦跳，甚或瞬间立于主人神圣的头颅，再迅速换于肩头。

韩老倌的老伴从楼上下来了，黑鸟就会极亲切地飞到女主人的肩膀上，热乎一番再飞下来。

韩老倌对逗鸟是很有一套的。

鸟有两个麻雀大，尾巴细而长，韩老倌唤它老黑。“老黑，进去，进去！”黑鸟就一跳一跳、东张西望地钻进笼内。“出来，老黑出来！”它又会按韩老倌的命令步出门外。韩老倌手心向上，伸平右手，黑鸟会飞立于他的手心，拍拍肩膀它旋即飞至他的肩膀。当韩老倌弯下腰时，老黑稍加观望，便会跳蹦到主人的背脊上搔首弄姿。

每到此刻，有些看客就会驻足观赏，由此，韩老倌表演得也就更加起劲。

围观者突见他猛地直起腰来，鸟随即跳落到地面上。又见他迅速弯下腰去，两臂伸直，飞机滑动般快步急冲。这时的老黑也展开双翅扑棱棱学样前奔。

这时候看客就发出笑声来。

老韩急刹车，突然朝反向“滑行”，鸟也依样画葫芦，转弯后呼呼啦啦飞，亦步亦趋。

看者无不捧腹。

更精彩处还在后面。

紧接着，韩老倌立在原地，把右手伸向前边，手心朝上。老黑飞于手上。老韩一把抓住鸟爪向天空用力一抛，黑鸟飞到树的枝头。俄顷，一阵清脆的呼哨声从老韩嘴里飞出，鸟就立刻腾起，在空中飞了一圈又落回到那个枝头。不等老黑消停，韩老倌又一阵呼哨声打出，黑鸟又亮起双翼飞上一圈。黑鸟尚未站稳，说时迟那时快，只见老韩将右手拇指、食指弯成环状置于口中，两腮一鼓，就有一阵尖利的口哨声一声一声从他嘴中传出来，鸟儿就一圈一圈在空中盘旋飞翔。哨音结束，老黑即刻落于树梢，不多不少正好三圈。

驻足者赞不绝口，拍手声响起。

掌声里，老黑在自豪地高唱。

老韩则是一脸的惬意与满足。

不光在家门口玩，韩老倌还常常带着黑鸟到拓城多个玩鸟处去玩。什么大观楼、翠湖，什么得胜桥、旧河畔，都是老韩和老黑游玩的地方。

每到一处，韩老倌把鸟笼挂在绿树的枝杈上，先进行第一个项目——打太极拳，打完拳就开始逗鸟，练完了、逗完了，老韩就同几个鸟友拎起鸟笼兴趣盎然地各自打道回府。

黑鸟成了韩老倌的绝佳玩物。

每每想到老黑，韩老倌都会喜上心头，他的幸福感、满足感就油然生出。

韩老倌的日子高兴至极，舒畅至极。

有时候，老韩真想跪下来给黑鸟磕上一个响头。

然而，天有不测风云。

没多久，鸟竟给韩老倌制造了麻烦。

这天上午，韩老倌正在楼下逗鸟。他先让鸟站在手上，站到肩上，再逗它亮翅奔跑。奔跑完毕，老韩便开始打着呼哨让它一次一圈地飞，再吹响口哨令它三圈三圈地飞。

没想到，才飞了两圈，鸟却飞到枝头上不愿再飞了。老韩怎么用手指吹口哨，均不见它有飞起来的意思。老韩心想，不听命令了是吧？那你就给我下来吧！没想到的是，不管老韩怎么吆喝它就是不听招呼，用虫子、小米引诱，也不起作用，它管自在枝头跳来跳去，神气活现地高唱起动听的歌来。

韩老倌没了办法。心急如焚的他，盼鸟归来心切，也顾不了许多，就大声命令似的喊叫，用脚踢树，甚至用鞋子往树上扔。

然而这些都丝毫不起作用。

接下来，老黑竟在几棵树之间飞起来。只见它从A树梢飞到B树梢，又从B树梢飞到C树梢、D树梢，它的飞行线路基本构成了一个长方形。

就这样黑鸟自豪地叽叽喳喳地飞着。

老韩跟着黑鸟不停地奔跑着，吆喝着。

场面好不热闹。

这时候，老黑自作主张，可能不打算再跟老韩玩下去了吧，只见它一声啼鸣，双爪一蹬，腾空飞向天宇，刹那间就不见了踪影。

韩老倌心中不是滋味，一时间茶饭不思，寝食难安，天天都思盼老黑的归来。

然而，多日过去，黑鸟音信全无。

韩老倌也只好不抱什么希望了。

可就在老韩不再抱希望的时候，黑鸟却飞回来了。

一日，老韩刚在楼下坐下来喝茶，就见黑鸟从远处飞落到了旁边的树枝上。

韩老倌一阵狂喜，一股热流就往心里涌。不管三七二十一，他站起身就朝树那边扑，巴不得鸟立刻回到自己的手上。

事与愿违，见老韩扑过来，黑鸟立马就往上飞起，紧接着就在上方一圈一圈地飞翔。见此情形，韩老倌赶紧吹起了口哨。遗憾的是，黑鸟没有配合，竟在枝头上停了下来。老韩停下哨音，老黑却又在上方转圈飞起来。

为了唤醒鸟的记忆，老韩把手指拿出来打起了呼哨，可惜黑鸟完全不听他的指挥，仍随心所欲地在上空高叫着盘旋飞行。

黑鸟完全打乱了老韩设计的套路。

老韩呆若木鸡般立在那里一脸沮丧。

不一会儿，老黑像那天一样又开始在树之间飞动，只是四棵树之间的距离更大一些。黑鸟比那天飞翔得更加畅快淋漓，一会儿直线飞行；一会儿飞行的轨迹就像一条倒抛物线，其迅捷程度犹如一道闪电；一会儿轨迹又变成一截波形线，忽高忽低，那气概，就像一个乘风破浪的勇士。

黑鸟愉快地做着各种表演，韩老倌则像疯子般东跑西奔。你瞧他，忽而朝这儿忽而朝那儿地奔跑，有时还往天上抓，往地上扑，忙得团团转。可鸟全是一副视而不见的样子，照旧飞过来又飞过去。

这时，人们突然觉得，眼前鸟引着韩老倌奔跑，此情此景似乎很像早先他引着黑鸟奔跑时一样了。怎么就这样了呢？

韩老倌不顾一切地继续奔跑着，扑抓着……

看客们也像早先一样，津津有味地观赏着。

可就在此时，黑鸟却猛地往西南方向又一次飞去了，很快就消失于浩浩天际里。

听韩老倌说，后来黑鸟就再也没回来过了。

神仙机器

咚咚咚——

有人敲门。

正在看书的我前去开门。

电话也不兴打一个就摸来了，我对进来的韩老二友好地笑笑。

手机没电了，他面部露出一丝歉意。

我跟韩老二是高中开始的朋友，对他的到来自然免不了丢烟、倒茶、取糖果。

老朋友相见，又没什么具体的事情，坐下后的功课当然就是没边没沿地聊。

我两个都是五十出头的中年人，又都是大学文化，身上的知识储量那都是相当丰富。

我们先吹（拓城人管聊天叫“吹牛”）人们的生活富足，吃什么有什么，接下来就扯到了生活上不尽如人意的地方。

当然这些都是日常生活中人们常常谈论的话题。什么房价一日千里地飞速前进了；什么有的私营医院，把病人小病说成大病，无病说成有病从中敲钱了；什么有的中学白天不好好教，晚上让学生出钱补习了。说话间，跟别人一样，食品安全也成了我俩不可能不涉及的话题。

说到食品安全，我们更是争先恐后地“抢答”。

韩老二说，食品安全问题真的是太严重了，我们几乎天天都在吃毒啊！

谁说不是呢？我说，像我们吃的鸡鸭肉鱼，哪样不受饲料的污染。我有个朋友在饲料厂当工程师，他亲口对我说，他们的饲料都会放一些二噁英、生长素。

这算哪样，韩老二吐了口烟后抢着说，为了保鲜，有的人竟用福尔马林水做鲜面条，用甲醛泡藕和白菜。

是啊，我说，有一回我到一县城面粉厂去，面粉上竟插着纸牌，一边无吊白块一边有吊白块。

韩老二说，更让人无语的是，菜农还自鸣得意地说，不喷药的菜自己吃，喷过药的菜售给顾客，真是丧尽天良。

唉！我长叹了一口气，人都是肉体凡胎，吃这些怎能不得这癌那癌的呢？看来只能有命该生无命该死了！说完我就双手一摊，无精打采地靠在长沙发上去看天花板。

不想这时，韩老二乐呵呵地说出了下边的话来。

韩老二笑嘻嘻地说道："不要这么悲观嘛老东，车到山前自有路嘛！"

"噢！你莫非有哪样高招？"

韩老二说："你还别说，还真叫你说对了，今天我还就是专门为这个来的！"

说着韩老二从挎包里取出一个东西来，这东西用干净的白塑料袋裹着，外边有一个白纸盒，剥去塑料袋就露出了真面目。这东西很清新、高雅、洁净、洋气，有点像仪表又有点像黑手枪。

韩老二拿着它对我说："这东西就是专门对付致癌物质的，由我自己研制发明，它的原理是射线杀灭。"

说完他叫我赶快拿出家里有污染的食品。

我半信半疑地望着他。

韩老二看着我说：“望我整哪样？还不赶紧把食品拿过来！不光你，一会儿还得麻烦你让这单元的人把家里可疑的食品都拿过来！”

于是我急忙将冰箱里的冻肉、冻鱼、冻鸡、火腿肠、蔬菜什么的全取出来，让韩老二给射。

其实操作很简单，只见韩老二对着食品扣一下像扳机一样的装置就行了，射线根本也看不见。

给我射完，我就动员本单元的住户也把食品抱到我家，韩老二一一给各种食品击射。

韩老二说，此机器目前还处于试用阶段，机器少，全国才只有三十几台，如效果好，后年大批生产。

说来还真神奇，长期以来，我用韩老二留下的机器定期给自己和大家的食品射杀，一年多过去，家属院内的人癌症多有发生，而我所在单元一十八户居民，无论老幼竟无一人发病。

两年过后，机器大批生产，基本做到每二十户一台，全国发病率锐减了百分之九十。

此时的我高兴极了，天天都在咧着嘴嘿嘿地笑。一天见到了韩老二，我上去就使劲抱住了他，以表示对他的谢意。

“老公老公，快点起了，又做梦了吧，看你乐得！”

老婆的喊声把我唤醒。

唉！原来是一场梦！

我想，要是真的就好了呀！

一件小事

他是一个太极拳爱好者，每天清晨都来这里打上一个小时太极拳。

这里是一片水泥空地，风景和空气都很好，前边是大街，左、右、后三边都是鲜花、绿草和枝叶婆娑的绿树林，是一个锻炼身体的理想之处。

可是这一天他却犯了愁。

这天清晨来到此地时，他就发现花坛的外边，实实在在摊着一大摊人吐的污物，这污物数量之大、味道之酸沤腐臭均可使从前所见呕吐物自叹弗如了。

见此，他只好退至距污物远一点的那个角落去打拳。这里，虽然味道小了不少，但打拳的他，总觉此物太伤大雅，因而情绪就一直上不来，动作的到位程度就打了不小的折扣。

过了一会儿，盼望多时的女清洁工终于从远处扫到了这里。清洁工手持竹扫把，上身套着火红色马甲，远看犹如跳动的火苗。

心情迫切的他立刻停下动作朝清洁工走过去："师傅，能不能麻烦先把那一摊扫一下！实在太恶心龌龊了。"

没想到的是，女清洁工却这样对他说："不好意思，铁路上的警察各管一段，我们清洁工只管扫枝叶、小树枝、杂物、尘土什么的，这个不归我们管！"

“这不属于杂物吗？”他有些不悦。

“杂物指路面上的烟头、石块、餐巾纸之类的。”

“请问，这不属杂物属什么呢？”

“这不属杂物，属特殊物。”清洁工说。

“特殊物就不是杂物了？”

“特殊物不是杂物，是特殊物。”

既然是这样，他这要求也只好作罢。

女清洁工离开不久，卫生监督员就到了。她穿一身阴丹小蓝衣裤，臂上戴着个印有“卫生监督员”五个白字的蓝臂套，一手拎着个小铁皮桶，一手拿着个铁火钳。

“你看那脏物，能否给处理一下。”他又信心满满地去跟她说话。

“对不起先生，这个……不属于我管。”

“那哪个属于你管呢？”

“我主要管夹捡草坪、花坛里的纸屑、果皮、塑料袋、烟头之类，路面上的也顺带夹一下。你没瞧见我只拿着火钳和小桶吗？”

“那这一摊脏物不属于你管？”

“这肯定不属于。”女监督员说得很轻描淡写，很处之泰然。

“那清洁工他们……”

“这恐怕……恐怕也不属于他们，他们处理的只是一般性脏物。”

“那应该属于谁来管呢？”

“要不这样，等垃圾车路过时你请他帮下忙，可以吗？”

卫生监督员离开不多时，果真就有一辆垃圾车路过。他急忙边摆手边高呼道："师傅，停一下，您瞧这里！"

师傅来后，望望说："这个不归我管，我只负责院坝里塑料袋包着的垃圾。"

他说："你就用工具整整，铲到车上不就行了嘛！"

"你瞧我哪有扫把？再说，这完全不归我管呀！"

"收垃圾的会管吗？"

"他们不会管，他们只收店铺倒来的垃圾和街上垃圾箱的垃圾。"师傅说。

这该如何是好呢？

又是几天黄叶落。

几天过去了，那摊物件仍顽固地待在那儿，几无变化。唯一变化的是那脏物的外围被太阳晒得黑干了起来，令人更感恶心了。

他的情绪每天都受到很大影响。

练了好几年的场地，他甚至想把它舍弃另选他处。

可就在这时，解决问题的妙方就轻而易举地到来了。

这天，他正在场子里比画，就见拉垃圾的师傅停下车坏笑着跑过来对他说："有了有了，有办法了！"

"什么办法？说来听听嘛！看把你小子高兴得。"

"先不说，一会儿你瞧我的就是了。"

"说说嘛，又没外人。"

"倒粪草（垃圾）箱的换人了，是个才从农村上来的小伙子，憨憨的，很听话的，今天是他第一天上班。"

他站在那里笑看着对方。

"等他来的时候，我喊他整，保准能成！"说完，拉垃圾的师傅竟咯咯地笑出声来。

朋 友

我是深圳拓城两边飞的人。

深圳有我的事业，拓城有我的父母和亲友。

大学毕业，我只身在深圳闯荡。开始做过桥米线没有成功，后改做水饺、煎饺仍成绩不佳。再后来，干脆做盖饭、炒菜。成功了！午餐、晚餐常常是宾朋满座，座无虚席。十年过去，成立了一家公司，下有餐馆六家，可谓事业小成。

回拓城探望父母的我，突地就冒出个在拓城也开个餐饮公司的想法。

是啊，很可以啊！为什么从前未曾想过呢？

说干就干吧。

事情决定以后，脑子里闪出的第一个身影就是邹刚。邹刚跟我同龄，既是小学初中同学，又是好朋友，小时候还同住过一个家属院，好得如同亲弟兄一般。

首先想到邹刚的原因有二：一是同学加好友关系；二是邹刚大学毕业后也做餐饮行当，在拓城开米线馆谋生计。

邹刚只有一家米线馆，规模也不大。

这倒没什么，有什么的是邹刚目光太短浅。他开馆子的目的不过是养家糊口，也没想到过要谋什么大发展。

这就给了我一个机会。

那天我去他那里的时候，寒暄两句后我就直截了当地对他说一句："邹刚，你的铺子完全可以做大！"

"你哪样意思？"他吃惊地望向我。

我说："你可以在拓城开上三五个铺面，搞个餐饮公司，也整个总经理来当当！"

"怎么了？"我看着他惊诧甚至略带惊恐的眼睛，"害怕了？"

"不瞒你说，这个还真从来没想过。"邹刚小声说。

我说："那你现在就可以想呀！"

他笑笑说："我这个人很不喜欢在单位受别人约束，就出来自己搞，也就是开个馆子讨衣食，养家糊口。上有老下有小的，还真没想过往大处整。"

"对呀！这不矛盾啊！"我盯着他说，"你把摊子搞大了，挣的钱多了，不就能更好地养家糊口讨生活了吗？"

好像思路被打开了一点似的，他精力集中地看着我。但是他说："问题是我哪来那么多钱呀？"

"钱没问题，我可以来筹啊！"我不失时机地赶紧说上这一句。

"这样吧，"我看着邹刚又说，"我出百分之二十，你也出一点，出个百分之十二吧！你也是开馆子的人，总经理由你来当，股份我多出一些，董事长就我来当了。然后我再邀约十几个朋友、同学，每人出它个之三之五的……"

受了启发的邹刚立马表示赞同。

接下来，我又把深圳人的思维和我的打算说与邹刚，邹刚听得津津有味。

我们两个大烟囱，边说话边抽烟，房间里的烟就像山谷里的云，云雾缭绕的……

接下来的几天，我连轴转似的忙起来，或微信，或电话，或相约面谈。跟朋友、同学进行不停歇的联系。联系了十七个人竟然全部愿意加入。作为发起人的我自然高兴无比。

不多久，我将亲爱的朋友、同学邀约在一起，吃了顿饭，讲了一下开办公司的情况，这个餐饮公司也就算是初见雏形了。

一切都挺顺利。

然而没想到的是，在后来具体操作的过程中，我和邹刚之间却出现了困难。

我跟邹刚一块选择铺面；一块跟转让者讨价还价，据理力争；一块去铺面所在地的社区了解此处是否会有拆迁的信息……

一切顺风顺水。

可在第一个铺面的装潢事宜中我俩发生了分歧，那就是装修费的数量。

铺子可改成一楼一底，店前的地面也可以利用，地点离一个中学和一个小学很近，乃卖米线等拓城特色小吃的绝佳之地。我和邹刚都看到了这一点。

装修的价位我当然是知道的，我也咨询了一些装修行的朋友，意见基本一致，不会超过三万。

为了提高邹刚的兴趣，我说预算不能超过四万。

没想，邹刚却不接受，说少了八万拿不下来。

装修费出现了很大分歧。

且多次沟通均未能达成一致。

我的心里不是滋味。

心想，你小子可真够黑的，一个小小的铺面装修你竟想独吞五万。

于是我说，那各项开支的发票要拿给我看。

邹刚不作声。

不作声当然就是不同意。

“那我退出!”邹刚把我逼进了死胡同。

“那我也退出!”邹刚毫不迟疑。

我心中黯然。

我带着黯然的心情返回深圳。

光阴荏苒，日月如梭。

时光一晃就过去了一年。我带着不佳的心境回拓城探望父母。

回家的第二天，我打算到街上走走。走在拓城的大街上，我心里郁郁寡欢。

我又想起了那个风水宝地，我不由地想到那个地方去看一看。我巴望那里没有装修，巴望那里没人开业，即便开业，但愿老板是一个素昧平生的人……

路上我碰上了大头。大头是我初中同学，也是原计划开公司的参与者之一。

“铺子没人开吧?”我问他。

“有人开，你走没多久就开业了。”他说。

“谁?”我问得很轻。

“邹刚。”他声音也很轻。

村　口

拓城是省城，城中村多得数不清，大树营只是其中之一。

大树营很大，有前营、中营、后营。

这里说的村口是大树营后营的村口。

村口在村西头，紧挨着村口的西边是一个小十字路口，路口西边是滇越米轨小铁路，小铁路西边是个大十字路口，大十字路口的西边就是拓城的小区了。

村口很热闹，有杂货店、烟店，有包子店、米线面条店，有瓜子花生小摊，等等。因村口旁边有座小寺庙，初一、十五还会出现一些卖香、烛、元宝的地摊。

村口一年四季都有个摩的队，虽叫它摩的队，其实人并不多，不过八九人而已。

拓城的摩的很多，公交站旁、火车站旁、路口、医院大门旁边等往往都有他们的身影。

这个村口的摩的队清一色的农村汉子；清一色的四十余岁；清一色的来拓城打工；清一色的住在大树营的农民出租房。

这些汉子中，多数属一种类型：客人来了载客，无客时便说笑逗闹，或焦急地等待客人的到来。

其中一位老兄有些与众不同。没有客人的时候，他只专注于两件事：一是等待着打车的客人，二是津津有味地唱他的山歌。

唱山歌又叫对调子。

原来的对调子只有一种方式，就是一男一女面对面地对。在公园，在广场，一男一女扯起嗓子就对起来。

现在就不一样了。现在除了面对面地对以外，还有微信对山歌。就是两人不见面，打开微信，用语音就可以热情地对将起来。

这个摩的哥就是用这种方式跟女方对。

我这个人很喜欢听山歌，不论走到哪里，只要听到有山歌，无论有空没空，都会摸过去或长或短地听它一阵子。不光听他们的逗趣对唱，还想看看观众们喧腾的场面。

那天，我吃罢早点出来，正好碰上摩的队里的他在用手机对调子，立马就来到他面前听上了。

月亮出来月亮白，
我和小妹对山歌……

唱罢他用微信传过去。

对方的女音很快就传过来：

月亮出来月亮白，
哪日我去访大哥……

对方唱着的时候，摩的汉子的眼睛乐得眯成了两条线。

我侧耳细听着这对男女的演唱。

对了一会儿，他又唱成另一种调子：

我跟小妹对调子，
我对小妹情意深，
唰啦啦的杨柳，
哗啦啦的水……

对方传来：

大哥对我情意深，

不知你老婆可答应，

唰啦啦的杨柳，

哗啦啦的水……

对调子的间隙有时还会跟我说两句小话。但他始终都不会忘记用眼睃一下巷子口，看有没有客人的到来。

就这样一来二往我们也算是认识了。

可是有天早晨，我吃过早点出来，却没见到这摩的哥。而这个时辰，一般来讲他是会在这里的。

我就开口问旁边的人。

“师傅，对调子的那个怎么不见了啊？拉客人出车去了吗？”

师傅笑嘻嘻地说：“你说我干孙子啊？”

“啊？”

他见我不明就里，又说道：“春节快到了，我干孙子回家去了。”

见我很错愕，旁边一个汉子说道：“他常常抢别个的生意，我们就把他叫成干孙子。哈哈……”

“哈哈哈……”我也不由笑出了声音来。

原载《云南经济日报》2018年7月23日

药乡歌声

转老倌名转雨龙。

转雨龙？姓转？

千真万确。姓转。

少数民族吗？

正儿八经汉族。

转雨龙今年六十六岁。在巍山县大仓山上做种药材的营生，应该有五十个年头了。

转雨龙十六岁初中毕业开始在山上种药材。

二十世纪八十年代初，转家承包到四亩山地，像先前一样，转家全都种上了药材。有芍药、三七、红花、蛇莓、枸杞、白花丹、金钱草、杜仲等，品种很多。还有几株本来的安息香树。

这天下午，老婆像往常一样给转老倌送饭。

老婆每天都给老伴送两顿饭。

一儿一女都到拓城打工去了，家里就剩他们两个人。

转雨龙吃过下午饭，婆娘收拾洗刷的工夫，他点上一支香烟到药材地里去转悠。

正是五月时日，半亩多地的红花正好开放，红色的花朵们在微风里颤动着，很好看的。分给他们的三株安息香药树，满树的白花在阳光下摇曳。

转雨龙踱到安息香树下，他背着手向前边看着，任手中的烟雾在周围缭绕。他看到前面还有几间小屋，他当然知道它们也是山地承包者的小屋。还看到零零散散的三四块药材地。

原来有三排平房，年久失修倒了，几家药农就把砖搬来垒了个自家的小屋。

老婆用竹背篓背上碗筷回家以后，转老倌又大口抽起烟来。过了一会儿，他又向屋外走去。

他背着手在自家药材地里走了一会儿，然后停下，朝别家的药材地看了几眼，叹了口气。接着又走到几棵开满白花的安息香树底下。

他静静地看着三棵药树上的白花。

蓦地，他隐隐听到有轻轻的歌声从花丛中飞出来：

二月里来好春光，
家家户户种田忙。
种瓜的得瓜，种豆的收豆，
谁种下的仇恨他自己遭殃！
加紧生产加紧生产，
努力苦干努力苦干！
指望着今年的收成好，
多捐些五谷充军粮。

这是在明媚的阳光下，在三排平房宿舍前的空地上……

宿舍周围当然生长着好多的中草药。中草药的品种很多，有婆婆丁、杜仲、红花、蛇莓、白花丹、枸杞、三七、天麻、芍药……还有一片安息香树林和前面少许零星的安息香树。药材地里不光有一片一片的青绿，还有五颜六色的药花在开放。那药花的香气就随着微风飘荡在空气里。

识字的年轻人们正在宿舍前的空地上歌唱……

夜晚青年们和少数中老年人借着路灯的光芒在宿舍前跳舞。人们边跳边唱着——

跑马溜溜的山上，
一朵溜溜的云哟，
端端溜溜地照在，
康定溜溜的城哟。
月亮弯——弯——
康定溜溜的城哟——

一阵风从药田那边刮过来。

转老倌猛地一激灵，眼前的画面即刻消失。

转雨龙离开安息香树，转过身来朝自家的小砖屋走过去……

失独之后

夫妻俩失独了。

换句话说，他们的独生女儿半年前病逝了。

宝贝女儿患的是一种人世间极其罕见的疾病——骨髓癌。

据说，骨髓癌的发病率仅为几百万分之一。

但是，他们的二十五岁的未婚女儿就得下了这种奇病。

女儿患病后，夫妻二人如疯了一般，首先到大医院医治自不必说，紧接着就是寻偏方找秘方。听人说，水牛角能医此病，就赶紧托南方的亲戚买了快递过来；打探到某边远省份的农村有个八十九岁神医专治疑难奇症，就请人日夜兼程赶去把老神医请到家中诊治。遗憾的是这些均不见丝毫效果，老两口就只有把希望全部寄托在医院里了。

吃药、化疗……头发掉光了，什么罪都受过了，人瘦得已经变了形，两年多之后，女儿还是悲惨地离他们而去了。

两人只好在痛苦中忧伤前行。

一年一度秋草黄，转眼就到了古稀之年。七十岁的他们，猛然就想到了他们那笔不菲的财产问题。

原来，前些年他们双双辞职下海，赚了一些钱购了一小两大三套房产。小套自己住，两个大套放租。这些房产原本是传留给女儿的，现在……

有一天丈夫说：老伴，那两个大套房你说能值多少钱?

老伴说：少说也得卖六百万。

丈夫说：咱们都已到暮年了。你说那房子？……

老伴半天不说话。

丈夫说：要不干脆送亲戚算了。每家给他们几十万。

老伴即刻说：那可不行，我们风里雨里大半辈子……

丈夫说：那怎么办？要不咱把钱捐了，捐给国家，捐给贫困地区，为国家出份力，也留个好名声。

“那更不行。”老伴斩钉截铁地说，“我们的血汗钱，凭什么就白白送给公家？”

丈夫说：“其实，我也不乐意送公，但是几百万我们也吃不完花不完呀。”

吃、花二字好像刺激和提醒了她，她一下就冲动开来：“怎么就吃不完花不完？我们就吃就花，就旅游，看花得完花不完！”

丈夫似乎也受到启发，激动地说：“对，旅游！旅游！原先我怎么就没朝旅游上想呢？”

老伴说：“对，旅游，咱俩游完欧洲游美洲，游遍全世界！”

果然他们就开始了旅游，果然就游完了欧洲游美洲，当然还游玩了其他洲。

但是他们仍然没把钱全花完，卡里还有百多万没用呢！

人说世间最残忍的是岁月，此话再形象不过。你看，老两口转眼之间就进入了耄耋之年，丧女之痛折磨得他们满脸尽是浓密的皱纹，丈夫头发全白，妻子离全白也相距不远了。老两口还不同程度地出现了驼背。

他们的人生早已步入了暮年。

如果说，对于无子孙的他们这是一个危机的话，更严峻的危机很快又扑面而来——在他们八十二岁上，两人竟先后患上了胃癌和食道癌。

这就又面临一次对财产去向的抉择。

一天，夜幕降临了，丈夫在客厅里跟老伴说："国外和国内不少地方都跑过了，上海好像还没去过。要不我们抢时间到上海转一转，回来后专心治病……这恐怕是我们最后的一次旅游了……"

征得老伴的同意后，他们在第三天就坐上了去上海的飞机。

到上海后，他们跟着旅游团满上海地跑。第四天是自由活动，他们决定到黄浦江入海口游玩，听说那里很值得一去。

到了黄浦江入海口，老两口显得兴奋、激动。看来是暂时忘记了病魔之事了。

江水浩浩荡荡从远方奔来，又浩浩荡荡向东海奔去，继而汇入广阔的太平洋……

两个人静静地观看着……

这时，只见男人突然对老伴说："老伴，我忽然想起一件事来……"

"什么事？……"老伴问。

他说："我想……我想把咱们的钱都捐……"

"好的，我同意。"他没想到老伴竟爽快地同意了自己的意见。

老伴紧接着又说："后天我们回去时就把这事给办了！留下点钱医病，剩下的全部都……"

他们静静地看着江水。江水奔腾不息地向大海流去……

搏　斗

赵玉堂是一名四十二岁的医生。

赵玉堂坐诊的是内分泌类疾病。

副主任医师的职称是他现在的头衔，这副主任医师的身份对赵玉堂来说应该是一个不错的身份了。

然而，当今的情况是，别说副主任医生，就是主任医生也是多如牛毛，俯拾皆是。

赵玉堂自然就只能算一个普普通通的医生了。

可是，在副主任医师中，抑或在他大学的同学中却有人已成为当当响、邦邦硬的名医。这名医的头衔，这挤破脑袋方能抢到号的状况，自然是每个从医者垂涎三尺、心向往之之事。

赵玉堂医生自然也不例外。

据说，赵玉堂医生对名医这一头衔的向往之情颇为强烈。

据说，赵玉堂医生现在一门心思想着的，就是如何能早日成为一名名医。

可谓无巧不成书，就像一个麻将手，运气好时想什么牌就来什么牌一样，这个时候，赵玉堂正好巧遇到了一则能让他成为名医的小广告。小广告贴在厕所的一个角落里，上面写道：这里在办名医培训班，有志于成为名医的医生速来报名，名额有限，报满为止，朋友们快来抢报……

看完这则小广告，赵玉堂真是喜出望外，如同天上掉下来一个大馅儿饼，如同磕头时碰着了天。他除了对万元的报名费稍微犹豫了一会儿外，其他均未作任何考虑，立马就拨通了对方的电话……

培训时间短，连动员加授课总共不过两天的时间。

学成归来的赵玉堂感到很有信心，看上去，他对未来充满了美好的期待，显得全身心都底气十足。

很快他就投入了战斗。

首先，按照培训班授课内容，把他每次网上挂号就诊数量由原先的四十名修改为二十名，然后新设加号六名。

赵玉堂看来，这种搞法实在妙极了，可以说是收到了立竿见影的效果。据说，病人们挂他号的时候如同打仗，距放号时间尚有半个小时，病人就得打开手机“省医通”坐在那里进行守候了，放号开始，你就得心无旁骛、全神贯注、精力集中到如同百米起跑，手上的动作还得快之又快，稍有不慎，这二十个号就被点到人家名下去了。其速度之快，那真是如同闪电一般。

加号的场面更是热闹非凡。

加号事宜在赵玉堂诊室门前进行。

早晨六点，天还不亮的时候，这里就热闹起来。人们从四面八方或赶公交或打出租或驾私车向这里奔来，奔向这里的唯一事情就是排病历本抢前六名。没抢到前六名的人就只能求爷爷告奶奶般请赵医生增加加号数量了。然而赵玉堂对这块儿是把得很严格的，你纵是说破天，他也只给你增加两名，其他人也就只能失望而归了。

看病的时候，二十个病人自然是不够赵玉堂看，怎么办呢？赵玉堂当然有他的办法。他按照培训班上学到的方法解决——跟病人闲聊天。他跟吃半片和一片半的病人说，用手掰药片可能掰不均匀，可以用小刀放在药片的凹线上将药片切成两瓣，分得就匀称了。他给病人说，药片需早餐前吃，前到什么时候呢？你吃下药片就忙活着去做早点，早点做完了，这个时候吃东西就最合适……

有时候说完话，赵玉堂还会故意地大笑几声……

一个月过去了，半年过去了，一年过去了……

赵玉堂医生慢慢声名鹊起，不久便名声大噪，很快就成了颇具知名度的名医。

有一回，身着白大褂的赵玉堂在医院的院子里走过时，听到有的人这样说：你们看，你们看，这个就是名医赵玉堂，他的号可难挂了，他对病人的态度也很好……

赵玉堂听了心里美滋滋的……

可是危机还是到来了。

赵名医心里充满了忧虑。

一天下午，赵玉堂听到了一则消息，说省里要进行名医评定，还说由十名成员组成的评定委员会已经成立。

这让赵玉堂很是沮丧、焦躁。

赵名医心里清楚：他这个人在评定委员会成员心中是没有什么分量的，别说全省才二十个名额，就是全院的前二十名也不可能有他赵玉堂的份儿。

于是赵医生开始寝食不安、坐卧不宁。

果真如他所料，报名的一百九十九人中，按评委每人给分的累计，他仅排在一百四十三的位置。

这名次自然跟前二十风马牛不相及。

赵玉堂仰天长叹，看来这到手的名号就要失去，这可如何是好？

然而，赵医生时来运转。

没过多久，赵医生等来了好消息。说病人还要投票，评委分跟群众分相加才是最终名次。

这就给赵玉堂带来了转机。

转机还真的出现了。

网上投票开始，赵玉堂的票数节节攀升，三天时间，他的票数就飙升到四千三百票，与评委会给的分数相加，他很快就上升到第三十名。对赵玉堂来说，可真是一件大好事。

这就又燃起他对进前二十的欲望。

可是，往后的日子，群众的投票几近为零，十天的时间过去，病人所投的票数只增加了七八个。

这让赵玉堂一筹莫展。

赵名医不愧是一个有鬼点子的人。在此节骨眼上，他脑袋里突然就跳出一个妙招来——调动起微信群和朋友圈的力量，以决胜千里……

此招当真奏效，他在十多个群和朋友圈里通发了一个呼吁亲爱的朋友给他投上宝贵一票的请求信。不一会儿，就有一个群友发来了“票已投”的信息，紧接着，不少人的信息噼里啪啦也传了过来。赵玉堂的名次很快就跃升为第二十一名，且与第二十名仅是一票之差。

眼看自己就要进前二十了，这让赵玉堂的心脏怎不怦怦乱跳。

可惜，此刻网上的票数就如一头饿坏了的毛驴，怎么打都不愿走一般，死死地停在原地一动不动了。

赵玉堂心急如焚。

蓦地，赵医生突然站起身来，孤注一掷般拨通了一个手机号码……

他一连打了四个电话。

最终有两个朋友向他伸出援手。

赵玉堂立刻反超。

就在这紧急时刻，投票结束。

赵玉堂以一票之优进入前二十，成为省内正式名医……

然而好景不长，没过多久就有人举报了赵医生的问题。

举报者正是他打电话后给他投票的两人中的一个。

经组委会有关小组调查，情况属实。可组委会开会时意见分歧很大，有人认为这属于作弊行为，必须坚决撤回。也有人觉得，睁只眼闭只眼算了，在别样评比、别样事情上舞弊行为同样存在。

意见不一，只能投票决定，投票可谓惊心动魄，十七名成员结果是九比八，同意撤销者险胜。

赵玉堂的名医头衔立刻给予撤销。

严阵以待

我在大街上行走。

前边路口处碰到了一个认识的人，他右手拿着一把火钳，左手提着一个手提袋。

我上前问他："怎么？今天没支摊啊？"

他是在前面公厕旁补鞋子的一个补鞋师傅，由于请他粘过两次皮鞋底，便成了点头之交。

"今明两天不准摆！"

"为什么？"我问他。

他说："拓城创文明城市，今明两天有人来检查！"

我说："哪里的人来检查？是省里还是国家？"

他说："北京。是北京的人！"

我说："北京的人来了没有？"

他说："已经来了，昨天下的飞机！"

我说："你手里怎么……"

他说："我今天当卫生监管员，人家社区喊支摊的一家出一个。"

我说："支摊的一家出一个？用得了这么多人吗？"

"用得了，"他说，"什么监管员不监管员的，主要还是干活，捡烟头纸片什么的。"

想想他又说："应付'创文'，他们下的功夫大了去了，全市的有关部门几乎全部出动，什么市里的、区里的、办事处的、社区的统统出动。就说这个办事处吧，办事处的人马都出来了。社区的也都撒在各处，特别是每个街口。还有清洁工、城管、卫生监管员之类的。”

我说：“那今天安排他们去哪里检查？”

他笑了笑说：“要由我们安排就好了，去的地方由人家决定。他们要去哪里就去哪里，全是临时决定。”

我说：“那就很不好掌控了？”

“谁说不是呢！”他说，“不过，他们市里也有自己的一套应对办法！”

“噢？什么办法？”我来了兴趣。

“你们不知道，”他饶有兴味地说，“这回国家来检查，市里是下了大功夫的，他们有一套应对方案。”

天哪，越说越新奇。

补鞋师傅望着我，继续说道：“昨天上午社区给我们开了个会，说北京来了十六个人，他们分成八个组分头检查，每个组市里有一个人带路，方案的执行就全在这个带路人的身上了。”

我如同听天方夜谭，看了一眼车水马龙的大街，并顺手拍了一下他的肩膀，饶有兴味地继续听下去。

这时修鞋人放低了一些声音，神秘兮兮地接着说道：“这样说吧，比如A组的带队人是张三，张三跟A组的两个人一见面，就会立刻把这两人的高矮胖瘦体态特征、服装穿着用极快的速度通过微信发往市里。打到出租后，张三必须将车牌号码发送过去，下一步就是去的地方了，比如北京人说去晨曦小区，张三就得把‘晨曦’二字同样快速往市里发。然后便是一连串的发送，市发区，区发办事处，办事处发晨曦社区，晨曦社区发到所有有关的人。”

“这里属什么社区？”我问他。

“春光社区。”

我说：“检查组会不会来这里啊？”

“那就不知道了。”

我说：“你希不希望他们来呀？”

“肯定不希望了！”

“为什么？”我问他。

他说：“你想想，他们一来麻烦事不就多了吗？”

我说：“那麻烦什么呀？由着他们检查不就得了吗？”

他说：“那怎么行啊！他们一来就得立刻打电话告诉支小摊点的赶紧缩回家去……”

我说：“不都通知这两天不摆了吗？”

补鞋人说：“是啊，但是小区太大，总有个别不听话的，有时候不太能管得过来，特别是那些小摊小贩，像街头理发的，常在春光社区擦皮鞋的……”

然后他又说：“还有，如见到北京人，你得悄悄地跟踪他们，时不时委婉地说点引导的话，把他们引到最干净的地方去，等等。”

正说话间，补鞋人的微信丁零零响了一声。

补鞋人掏出手机，边看边“哎呀”了一声：“哎呀，他们要来春光……”

然后他把手机快速伸过来，上面的字赫然出现在我的眼前：去春光小区，两男，均矮胖，一黑夹克一黑西装，带路人一中年女子，黄出租（后边是几个阿拉伯数字）。

等我看完微信，补鞋师傅很快打了几个电话后，便开始一心一意地朝大街方向寻觅和张望。

此时的补鞋人看上去微微有些紧张。

他也不再跟我说话。

就好像我根本不在他身边一样。

七八分钟后，一辆黄出租正好停在我俩的面前。补鞋人瞧了一眼车牌号码后就若无其事般慢慢跟了上去……

未曾料到的结果

“师傅，请问您能帮我划一下玻璃吗？”

他显然没弄明白我的意思，他说道：“你要多大尺寸的玻璃？”

我忙说：“是这样，我买了一块 50 厘米 ×45 厘米的镜玻璃，回家量的时候长为 51 厘米，长了 1 厘米，想请您帮划一下。”

这是一家钢窗、玻璃小门市，师傅三十出头，后来知道他就是小门市的老板。

“家在哪里？”他问道。

见他没拒绝，我心里很温暖。因为昨天曾被别处两家因活儿少又难做拒绝过，当时我心里挺冷。于是我赶紧说：“就在西边小铁路那里。”

“挺远的啊，怕有一公里了！”

见他嫌远，怕他不愿接这个活，我就想告诉他，我可以把镜玻璃拿到门市来。可我的话尚未出口，他却说话了：

“老二，你去搞一下！”

老二可能是他的弟弟。

老二坐在靠里较暗的地方，此时正边听耳机边用手机上网。听到他的话，几乎与话同步，老二拿起桌上的玻璃刀和钢卷尺就走出来了。

看来，老二很听从于他。

老二十八九岁，虽是农村小伙，却已明显具有了“90 后”

城市年轻人的气质：路上，他自顾听着耳机里的歌曲和用手机上着网，有时还会会心地发出几声笑，其架势旁若无人。当我跟他聊到房价和房地产，他也会挺老道地谈上一些有关房地产的知识、信息和对房地产一些不满意的看法，甚至还给我讲了他们家在某市购了一套三居室房屋和自己择偶的标准。

然而，他却绝口不谈这回他给我划玻璃的工钱问题。

这使我很有些警惕，他很可能在划完玻璃后突然提出很高的价位而让我措手不及。

过了一会儿，老二终于说了一句与这次活计有关的话。

他说道："1 厘米玻璃是挺难划的。"

我想，这肯定是他想索要高价的一个暗示。

又说了一些话，小火车路就快到了，可是他并没有看到。这时，老二又说了一句让人犯猜疑的话。他说："怎么还不到啊！这么远啊！"

我想，这应该是他第二次为索要高价而进行的铺垫了。

这时我很后悔，后悔刚才未跟可能是他哥哥的人先谈妥价钱。如果已谈妥，老二自然就不会在活计做完后漫天要价了。

划玻璃时，老二仍然把自己的性格体现得淋漓尽致：一切皆按他的思维行事——进我家后，即刻投入工作；将镜玻璃置于桌上；量玻璃的尺寸；让我去拿直木尺（也不管家中有没有此物）；让我在直尺另一头用力按牢……

玻璃刀划过后，他便很熟练地进行下边的工序——用钳子一点点往下掰小玻璃块；用砂石磨镜玻璃边；往壁橱上装……

一切程序完毕，前后不过十五分钟，快得如同小伙子的性格。这时，我便准备让可爱的老二坐下来喝茶，以便商谈工作报酬。但没想到的是，他竟已推开了我家的防盗门准备要走了。在我用手欲把他拉回来时，老二竟已在楼梯上消失得无影无踪了……

他走了。

他没要工钱。

他就没打算要工钱。

这样的结果是我未曾料到的……

原载《云南经济日报》2013年1月14日

举 报

我给拓城市长热线 12345 打了个举报电话。

举报的内容是染色馒头问题。

染色馒头问题是很多人都知道的事情，不少馒头店都在蒸在卖的。一天，我见一店门口刚打开的热气腾腾的笼屉内黄“苞谷”馒头的颜色不正常，就问年轻的小老板：“这也是苞谷馒头吗？黄得挺可怕的！”

小老板笑答：“这你就别管了，我愿做他愿买这就是生意。”

上海一家大店染色馒头事件被央视曝光后拓城各店铺有所收敛，但事情并未制止，背街小铺甚至大街馒头店像没出现任何事情一样仍然公开或半公开摆卖，因为也没见什么人前来认真过问。

近一年来，拓城染色馒头又开始呈猖獗之势，你看那大街小巷，黄色的假苞谷馒头随处可见。

这种情况很令我有些丈二和尚摸不着头脑。

这种事情难道就没人过问一下吗？

让我欣慰的是，我的反映第二天就来了反馈电话。

“喂，你好！”我按下手机接听键。

“我是金牛区食品安全管理局，听说你反映了我们区染色馒头的事，具体在哪里呀？”听得出，对方是压抑着火气的声音。

在哪里，这还用问吗？哪里见不到呀！

我也压住火气："金牛街沿河路就有一家。"

"什么染色馒头，怕就是苞谷馒头吧？"

我说："我常吃真正的苞谷馒头，真的跟这不一样的，你看那颜色……"

"好嘛好嘛，我们去看看，真是的……"

虽然不情愿，还是打算过去看看，算是不错了。看来，正召开的"两会"还是能起到净化空气作用的。

不管如何，我的心里还是感到些许安慰。

两小时后，该同志的电话又叫响了我的手机。

我的心里升起希望的曙光。

"喂，我们刚才去了一趟，可是去了好几个人的哦！没见什么染色馒头……"

"你没吃过苞谷馒头啊？苞谷馒头什么样啊？能是那种吗？"

"他们拿出玉米面给我们看来着，全是真的。"

我说："他不拿真苞谷面他不成傻瓜了吗？他那馒头不是用真苞谷面做的，是用白面掺颜色……"

"那你敢保证吗？"

"当然敢保证，一看就知道的。"

"光眼看不作数，要进行化验。"

我说："那你们就进行化验吧。"

"不是我们化而是你自己去化。"

"我怎么化啊，应该你们化吧？"

"我们不化，谁举报谁化！你就去买两个苞谷馒头……"

“哎哟！”我真不明白怎么会这样，以后谁还愿意管这些闲事啊，“好嘛好嘛！那化验机构在哪儿呀？”

似乎对方也不知晓化验地点在何处，他愣了一会儿，然后就问旁边的人，这些我都听到了。

“喂！”对方说，“听说石闸立交桥那儿有一个。”

我说：“请问别处还有哪里？离沿河路近一点的。”

“听说全省就这一家……”

“我的天老爷……那下面县里的举报人也要跋山涉水地到省城拓城来化验？”

“可……可能是这样吧。”

“行吧，那我就去石闸立交桥那边……”

“等等，”对方又说道，“听他们说石闸桥那家已经搬家了。”

“请问搬到哪去了你知道吗？”

对方说道：“这个……这个我还真……真不知道呢……”

买报记

我有五个月没在《拓城晚报》发微型小说了。

昨天编辑先生电话告诉我，今天晚报有我一篇微型小说见报。

由于见作品心切，上午八点半，吃过米线的我，便心情激动地到报刊亭去买当天的报纸。因为要等寄来的样报，那肯定是明后天的事情了。

我最先去的是离家最近的一处，记得那里有两个报刊亭的。可到后却发现，那里不光不见了报纸杂志和售货员的身影，甚至连报刊亭也不翼而飞了。我便急忙向东站方向走，我记得那里马路两边各有一个的，因我办事常常路过那里，有时还会驻足看上几眼亭子外边刊物的海报。可当我赶到时，路两边的报亭早已消失不见，只有干净的水泥地在无神地注视着我。我顿时有一种“黄鹤一去不复返，白云千载空悠悠”的怅然。见前面有一个戴红袖章的保安坐在水泥台上，可能是在执行什么任务，我便上前请教，以证明我并没出现记忆失误。

保安立即站起来和颜悦色地对我说：“是有两个报刊亭在那里的，还时不时有人去亭子里买报纸、杂志。没错没错！”

“那什么时候不在的，你知道吗？”

“这个嘛，倒还真没注意……哦对了，岔街那里有几个，您往前走，到十字路口往西走，到红绿灯朝左拐那里。”

快到岔街的时候，我就开始举目四望，可望来望去，怎么也见不到报刊亭的踪迹。

就在此刻，我突然见到前面有一戴眼镜老者，手拿一张报纸正在低头翻阅。我的心立时被激活。

“老师傅，老师傅，报刊亭，报刊亭请问在哪里？”

老先生抬起头来，摘掉眼镜四处观望。观望了一会儿，小声自语道：“原来，原来这里是有的啊！怎么……”

“那您的报纸？……”我盯着他。

老人会意地说道：“哦，是我订的。”

“您手里的晚报借我看……看字刚出口，我霎时意识到了自己的错误。人家看的不是晚报，而是《都市新报》。”

“噢，对不起。”我赶紧向人家道歉。

老人看着微窘的我，说道：“原来这里就有，这十多天没出门怎么就……”

“我记起来了，”老先生见我着急，很快又说：“拓城路那里好像有一个，路过时我见到过的，那里有个中学。”

谢过老者，在公交站我跳上一辆驶往拓城路的公交车直往目的地驶去。遗憾的是，下车后绕来绕去找了半天，仍没见到一个报刊亭的“倩影”。还算好，迎面走来两个背双肩书包的中学生。

“哎，同学同学，”我急忙前去询问，“这里不是有报刊亭的吗？在哪儿啊？”

其中那个红脸蛋小伙子立马说道：“对对，一直都有的，前不久拆了。”

“为何啊？”我急迫地问一句。

一脸稚气的红脸中学生又说道：“听我老爸说，说是影响市容市貌。过不了多久，上级要来检查。说拓城要创建文明城市，很多报刊亭都被拆了。”

儿子丢失以后

儿子的丢失几乎是在转眼之间。

宝贝儿子才一岁零九个月。

林刚今天休息，带着儿子到街边小公园玩。小公园在十字路口的一角。虽在十字路口，这里却很僻静，里边长满了灌木丛、野草和高高的乔木，一条窄窄的小水泥路横贯园中。

林刚憋得尿急，让儿子趴在水泥凳上，自己就去那株大青树背后方便。未曾料到，撒尿返回小路边的水泥凳，儿子却不见了踪影。

林刚心里发毛，紧张地四处张望。视线所及的小公园内未见到孩子，林刚更惊慌了。

林刚四十岁整，三十三岁结婚，婚后妻子多年不孕，好不容易三十八岁上得了宝贝。

儿子是夫妻俩的心尖子命根子。

如果儿子丢失，那可就等于塌了天了……

天啊！

蓦然间，林刚见一中年男子抱着他儿子在公园边人流里朝前逃窜。

林刚见到儿子，就像弹弓打出的石子，飘忽着就“飞”了过去。

遗憾的是，那中年男子的速度也相当了得。见林刚跑过来，便兔子般向前奔跑。此时的林刚已不顾一切，发疯似的往前猛冲。他的奔跑如同闪电，其速度之快、之飘忽如有神助。遇到路人，左躲右闪、辗转腾挪是迅疾自如。

可中年人也绝不放弃，拼着命也要把林刚甩掉。

人行道上，两个男人你追我赶，好不急迫，好不心急如焚……

然而，街上的人好像并没发生什么事情，有些人仍旧说笑打闹着，悠闲自得地慢走；有的人想着心事急匆匆快行；有的人抬起头看上两眼，又专心走自己的路。林刚情急中也喊过两回，求路人帮忙拦下抱孩子的中年人。无奈，行人只是看一眼飞奔的中年男子，再看一下后边的他，转瞬即忘却了刚才的一幕。

一辆双层公交车停于站台前。人上完了，中年人手抱孩子，喘着粗气朝车门跑去。可才到车门，公交车嗡的一声启动开走了。

中年人继续往前面跑。

林刚继续上气不接下气地朝前面追。

突然，中年男子朝右前方跑去。右前方有一个城中村寨。

城中村有一条拐来弯去的街巷，街巷两侧是林立的红砖楼。

中年人在街巷里急跑。

林刚在街巷中不顾一切地追……

村尾到了，中年人抱着孩子从一个大门里跑进去。林刚紧追不舍，面颊上流着汗水。半分钟的时间，林刚也冲进了大门。院子内有两栋平房，林刚来来回回寻找，男子不见了踪影。

林刚见一女子，便气喘吁吁地上前询问。

女人神秘兮兮地往后一指，林刚见所指处有一后门，便狗撵兔子般向那里急冲。

后门外面是农民的一大片菜地，中年男人正朝远处的那个长途汽车站奔。林刚急了，他知道，如果对方进站乘上客车，儿子的命运就凶多吉少了。

这会儿的林刚心里只有儿子，只要能救回儿子，什么都无所谓了。

此刻，突然听到林刚大声喊道："大哥，我给你钱，我求求你放下……"

看来男人是听到了。

"多少钱？——"男人高声问。

"一千块，我身上有一千块——"

"不行——"

"对了，大哥，我身上有两千——"

"那好，"中年男子停下脚步，命令道，"你不要过来！过来我就跑！"

林刚救子心切，立即停了下来。

中年男子说："你有诚意就把两千块钱丢过来，我拿到钱就把孩子放下——"

林刚就像士兵听到了首长的指令，使出最大的力气把钱甩了过去……

林刚抱起地上的儿子，跪在地上，对着走远的男人的背影，泪流满面地大声说道："大哥，您可是我们全家的大恩人哪！——"

抓　药

一天，他到医院给老伴抓药。

这次是用看病医院的处方到这家去抓。

这家医院就在他家附近，距他家不过一两站的地方。近。

还有一个情况，就是这回给老伴抓药，要用他的医保卡，老婆普通工人一个，医保费少得可怜，医保卡上的钱随时都能用光光。他，虽然文化程度不高，可运气不错，在一个很好的单位上班，这医保费比老伴就多得多了。

到了医院，当然就开始抓药事宜。

他把处方交给收费室外面穿白大褂的护士，桌前的女护士就对照处方啪啪地敲击键盘，她把老伴的名字、年龄和中草药名字、克数敲进去。

然后把敲好的处方交给他。

至此，一切都很顺利。

可在他交费的时候却碰到了意想不到的麻烦。

轮到他交费了，他快速把刚敲好的处方交进窗口，一阵啪啪的键盘声过后，随着收费中年妇女“插卡”二字说出口，他同样快速地把他的医保卡插入小键盘口内。

没想到的是，中年妇女竟说道：“请你用患者的卡，别人的卡不能用！”

“为什么？”他不好意思地笑问了一句。

中年妇女说："那墙上不是贴了嘛，患者只能用自己的卡，不能用别人的卡。"

"那原来还是可……"他又说一句。

中年妇女又说："从发卡的那一天起就规定了的，病人不能用别人的医保卡。"

"那怎么办呀？她卡上没钱了啊！"他立于窗口外说。

"交现金、刷微信都可以，你自己决定！"

他说："那你不就把钱让别的医院赚了吗？有的医院是可以的啊！"

"我们是正儿八经的单位，"中年妇女声音变大了一些，仿佛是说给所有的病人听，"不能不遵守有关规定，不能让病人占国家的便宜！"

这时他像突然想到了什么，急急忙忙跟别人借了一张纸，急急忙忙到一张桌子前写起字来。他记起，女儿似乎是用纸抄了一个处方，说这样就可以用他的卡给她妈抓药了。

但是，当他把这张纸和他的卡送进窗口的时候，还是遭到了中年妇女的拒绝。

"哎——？"

在这走投无路的时刻，他脑海里自然就闪出了女儿的身影。

他拿出手机，立马就接通了女儿的电话。

女儿指点迷津一样如此这般地讲解了一通，他听得津津有味，有豁然开朗的感觉。

他把按照女儿交代写好的纸笺和他的卡递进窗口后，其实还是很忐忑的。

然而这回却真的成了。

"按密码——"中年妇女公事公办地这样说了一句。

“真的成了！”他的心中一阵喜悦。

那么女儿的指点妙在何处呢？

他当然知道，这其实很简单，不过在刚才的纸片上再加上他自己的大名、性别和年龄而已！

海拥曼拉记

据说地球上有一个海拥曼拉国，海拥曼拉国有一个国家美术馆，美术馆自然会有一位美术馆馆长。这美术馆馆长的名字叫斯纽林。

海拥曼拉国虽不算大，可美术馆却挺大挺气派。馆藏世界名画的数量和画家的档次也堪称世界一流。除了有米勒、安格尔、达维特和约翰·埃·密莱等上百位世界级大画家的作品，甚至还收藏有列宾、凡·高、达·芬奇和柯罗等世界超一流著名画家的名作。

斯纽林虽然是海拥曼拉国的知名画家，却是一个利欲熏心的主儿。他见有的人发了大财，买了房置了地购了名牌小轿车，听说有的已购下了几幢豪华大别墅。于是就动了念头，心想，老子一不做二不休，不需要利用别样，利用这美术馆就可以发财。

斯纽林说干就干，他利用白天和晚上的时间抓紧临摹名家的画作。

斯纽林在占用上班的时间上很有一套。为了能有大把大把的时间，他新设了一个馆长助理和一个常务副馆长的职位。每天早晨刚上班时，他把助手叫到他身边交代一天的工作任务，然后助手就去给常务副馆长布置，让常务副馆长进行运作。这样，他就把一天的时间搞到手了。

下午下班前，斯纽林刚好也画累了，他就背着手去各个科室转悠一下，一天的工作时间也就结束了。

半年的时间过去了，一年的时间过去了，五年的时间过去了，斯纽林悄悄临摹了许多名家画作。然后，偷偷地把一张张的真画取下来，并将一张张的伪作挂上去，继而利用各种巧立名目的出差或开会的机会把这些名家的画卖到世界各地……

斯纽林赚了大钱。

他置了地，买了别墅，购了名牌小轿车，还开起了一家药厂和一家面粉加工厂。

此时的斯纽林真真正正地成了亿万富翁。

然而好景不长，东窗事发的时日还是到来了。

揭发检举他的不是别人，正是他的常务副馆长维逊奇顿。

一天下午，维逊奇顿无意间发现一幅名画中战马的左眼眼神跟原画不尽相同，而此马的眼神恰恰是斯纽林惯常的画法。原作品马的眼神明亮，有光芒，而此画中马的眼神则暗淡了一点。这一发现差点没让他的心脏从嘴巴里蹦出来。他脸上掠过一丝压抑不住的笑意……

维逊奇顿当然就仔细检查了。

结果他发现伪作竟有一百二十三幅。

可警察局和法院审理时斯纽林却说他只临摹了五十一幅。警察局问他，那另外七十二幅赝品你作何解释。

斯纽林即刻就说，他七年前就任馆长时，有不少名画已经被人置换过了。众人摇头不已。

于是，警察局通过打听找来了七年前卸任的前馆长根约。根约说："我承认，我是临摹过一些，大概就三十幅的样子吧。不过我可以如实地告诉各位，我到任时，有一些画早已被人换掉了。"

当时在场的人，无不唏嘘、无不错愕……

病房里的鲜花

在本地，我是一个有一定知名度的作家。

因动手术，住进了一家私立医院。

虽是私营，环境、设备、医疗水平都还不错，属拓城有点名气的私营医疗单位。

从一进去，就感觉到了院方对我的热情。

首先给我安排了一个单间，还是住院部最安静的地方。为我动手术的是个有着多年临床经验的专家级老医生，手术开始后，他不时地“江老师，江老师”地喊着打了麻醉剂的我，以便随时能发现不测。手术完后，就像伺候首长一样，医生护士鞍前马后地围拢在我的手术车两侧。到了病房，他们更是全方位地忙活。铺床的铺床，插氧气管的插氧气管，观察心电波的观察心电波……

大家对我的热情和关照使我很受感动……

更令我感动不已的是，当我刚住进病房的时候，护士小姐就送来了一个五彩缤纷的大花篮。花的品种挺多，有黄色的菊花，有火红的美人蕉，有粉红的马蹄莲，有白百合，甚至还有两枝价格不菲的鹤望兰……

花篮挺大，以至于护士小姐弯着腰才能把它提进来。

令我惊奇的是，跟着花篮进来的几人中，竟然有笑容满面的医院院长。

我的心里油然生出的是一种兴奋、满足和感激。

那天院长说了许多亲切、慰问的话语，甚至还谈到了文学。

“江老师，听说您是一位作家？”院长说。

“发表了一些小说，不过，大多是平庸之作，算是徒有其名吧。”我答道。

院长说：“您谦虚了，听说您在国家级的刊物都发表过小说，在《拓城晚报》我就拜读过您的几篇大作。”

听了他的话我来了兴致。

“你在晚报上读过我的小说？”我问道。

“是的。”

“哪几篇有点印象能聊聊吗？”

“像《山菌》那一篇我就有点印象，好像是写寨子里一个卖菌子的小姑娘的故事。”

听到这里，我的心里充满了兴奋和激动。是啊，还有什么能比社会认可、读者认可更能让一个作家兴奋和激动的呢？当时自己的眼里可能已放射出无法控制的光芒了吧！

那时的我，眼里的鲜花更可爱了。我感到，每一朵鲜花都正在向我这个作家微笑呢！

八九天的时间里，医生护士对我都很照顾，打吊针、拖地板、量体温血压，都进行得友好、到位、井井有条。有时候，他们还过来跟我和妻子聊天、下象棋，聊天时他们天南海北、古今中外，无所不包，随便自由，有时还问问我的家庭和文学。这都使我的心情十分愉悦。

我就觉得生活真好！当一个作家真好。

由于心情愉快，每天我都会用心打理花篮里的鲜花。

早上起来，赶紧把门窗打开，让新鲜的空气快快吹进来。接着就是修理花朵和枝叶，我用手把蔫了的花瓣去掉，用剪刀把残枝和枯叶剪下。然后在花泥上浇上一杯新水……

我尽情享受着美丽的鲜花和如鲜花般美丽的人生。

时间如清水静静流淌。

我愉悦的心情依旧。

然而没想到的事情出现了。

出院的时间到了。到出院部交了款办完出院手续，在回住院部（跟医生、护士辞别）的路上正好路过院长办公室的后窗，偏偏让我听到了下面的一段对话，对话使我简直不敢相信自己的耳朵——

“三号房病号今天出院，医院对他照顾得可是够好的了。看来，文人在院长心里还蛮有地位的。”是护士长的声音。

“全错。”

“怎么讲?”

“你不知道，卢医生最近闹情绪想跳槽辞职，她可是一个会搂钱的金耙子。为了不让她辞职……”

“这跟他有什么关系啊?”

“嗐！卢医生是他的表姐！”

……

我已无心再回住院部。

我很快坐进了一辆出租车的后座。

回家的路上，那个大花篮仍固执地在我的脑海里出现，只是那些鲜花已开始枯萎，花瓣也正在一瓣瓣往下凋落……

烦人的夜来香

桃花流水鱼儿肥的阳春三月，退休赋闲的他从郊区工厂搬到了市里居住。

这时的他，比原来可舒心多了。

工厂的住房是二十世纪八十年代的福利房，一来面积小（才四十平方米）；二来六楼太高，离城里又远。于是就卖掉了福利房，子女帮助一点，再加上平时一点积蓄，花五十万买了这个八十平方米的三居室二手房。这里离市中心近，院里又有青枝绿叶的环境，农贸市场就在附近。平日里，老两口散步买菜，吃饭睡觉看电视，兴之所至，还双双到小公园舞上一把民族舞，周六周日，更有子女携子带偶来热闹一两天，这晚年的日子真可谓优哉游哉、乐不可支。

然而好景不长，没住多久，他们却遇上了一件没曾想到的烦心事。

六月中旬的一个黄昏，吃喝不愁的老两口，饭后正坐在客厅心情怡然地看《新闻联播》，忽然就有一股难闻的气味飘进了鼻孔，继而钻入胸腔。没过多时，两人便感到喉疼头晕外加胸闷。

次日清晨，早早起床后，首要任务当然就是寻觅味源。结果，他才从三楼的窗口伸了一下脑袋，即刻就发现了问题的所在。高高一大蓬枝繁叶茂的夜来香树在那里得意忘形地疯长着呢！数不胜数的小花朵正嬉皮笑脸、肆无忌惮地说笑。错不了，这棵可恶的夜来香定是罪魁祸首。

想到昨夜弥漫于空气里的气味和身体难受的感觉，吃过早点后他立刻拨通了儿子的电话。接到老父亲的电话，儿子甚至没挂手机就照本宣科般念起了网页上的文字：会得呼吸道疾病，使高血压和心脏病病情加重……

老爷子心中嘀咕：要是没有这棵该死的夜来香树多好啊！

那么，该如何是好呢？

此时，他的大脑里突然跳出了12345这五个数字来，于是，按下号码后就举起了手机：

“喂，市长热线吗？”

“这里是市长热线，为方便记录，您的通话会被录音。”紧接着是男接听员的声音：“有什么事啊？请讲！”

“我们院子有棵夜来香，一到晚上……”

“地址哪里？”

“东风小区知春路六号。”

“请问先生贵姓？”

“免贵姓李。”

通话挺顺利就完成了，这可是他未曾想到的。他满意地按下了红键。

接下来就是满怀希望地等待。

但整整两天过去了，音信全无。

这令他的心里很是失望。失望中还涌动着些许怒火——这个12345，看来也是个摆设吧！

没想到的是，晚上好消息却来了。晚上外出忘了带手机，回家时老伴跟他说，一个男的给你来电话了，说是市绿化局的，姓张，让你明天跟他联系。

听了老伴的话，一股暖流从心田涌出，并缓缓向四处漫溢：看来，以人为本，关心民生，电视上这些遥远的词汇就要在自己身旁发生了，这棵树的移栽很有希望。他心里有些激动。

翌日上午，晨练一结束，他就立刻拨通了张先生的手机：“喂，张先生吗？我是知春路六号……”

由于心情急迫，他竹筒倒豆子般一股脑儿全倒给对方。殊不知，对方比他还急迫，语速比他更快，几乎不给他留说话的空间。

张先生说：“移栽是不可能的，最多也就是修剪一下。是不是一定修剪，现在也不能定。”

他说：“如果同意修剪，那不是每年都得修剪？”

“那不行，如果同意修剪也只能修这一次。”

他说：“明年开花就不管了吗？”

张先生说：“这么多年了，还是第一次听到有人反映这样的问题。”

“问题是确实难闻，确实伤害身体啊！”

张先生说：“这样吧，下午你过来一下，有没有必要下午再说。”

下午他一到绿化局，张先生立刻就噼里啪啦地说开来：“那夹竹桃也有毒，人摸了叶子汁就会对人体不好，难道也要挖掉路边的夹竹桃吗？也要对它修剪吗？”

他说：“你不能这么说，夹竹桃是你不碰它，它就不会碰你，夜来香是你不碰它，它也要碰你！”

张先生说：“当年我做生意的时候，附近就有棵夜来香，我不照样做了一年吗？”

他说：“您那是离得远！我这里树就在窗子外面，一开窗花枝就往家里钻呀……张先生，政府不是说要关心民生嘛！”

听了这句话，张先生就不高兴了。

本来就站着的张先生开始往窗子那边挪，嘴里还说了这么半句话：“照你这么说嘛……”

为了缓和气氛，同样也站着的他赶紧笑脸相迎地说：“对不起了，张老师，我不是那个意思，我是说那股味实在受不了啦！我们是胸闷头晕又喉咙疼的……”

张先生边朝他挪步边说：“那你到别处再买一套房住不就得了吗？”

“张先生，话不能这么说吧！”

停了一会儿，张先生说：“这样吧，你去便民中心领个表，填一填，让院里的人都签个字送过来，等批了你们修剪一下吧，真是的！”

过了一会儿，张先生又说道：“这下你总该同意了吧？”

他还能怎么样呢！

见他默认了，对方说：“同意了就好。我们好上报——我们得上报！”

领了个表，填写了内容，又让院子的业主签上名字，然后将申请表赶紧送回市绿化局。

接下来当然就是等绿化局批准的消息了。

可是，一个月过去了；

又一个月过去了；

再一个月过去。

批准修剪的消息一点动静都没有。

于是他坐不住了。他决定一不做二不休，无论如何也要想办法把这棵夜来香处理掉。有一天，他把几个年轻的业主找来，在大家同意后，砰砰啪啪，先是锯树干，后是挖树根，三下五除二，不到一个小时，这蓬烦人的夜来香就给报销了。

起初的一段时间，他跟动手的几个人都有些害怕，害怕绿化局前来追究，于是想好了说辞：自然死亡，而后才将其挖除。

可是，结果跟他们预料的完全不一样：

一年过去了；两年过去了。

绿化局的人根本就未曾光顾。

时间就这样一天接一天地过去了。

油炸鸡腿

电话响到第三声时我拿起话筒。

“喂，哪里？”

“我是胡叔叔，你爸爸在家吗？请他接下电话。”

“我爸得痴呆症了，他接不成电话。”

“这我知道，电话都不能接吗？”

“接不成了，胡叔叔有什么事给我说可以吗？”

“有个同学从国外回来，想请老同学们聚一下……”

“他去不成了，去了怕也不认识……我老爸现在连我都不认识了。”

“这么严重呀！”

“是呀！不光不认识我，连我儿子、我媳妇都不认识！清明那天，我带他给我母亲上坟，在墓前烧香磕头的时候，他竟然问起这个人是谁来了，我说，这个人就是您爱人呀！结果我老爸竟吃惊起来，他说，我爱人死了吗？哪天死的呀？胡叔叔您瞧瞧，所以……”

“管他呢，你还是带他过来吧，见见面也好……”

酒店的档次很高，富丽堂皇的。

为安静起见，胡叔叔选了个单间雅座。

我和父亲到达的时候，人差不多齐了，咖啡色大圆桌周围坐满了跟老爸年纪相仿的老者，不少的人已是皱纹密布，华发满头。

那天，胡叔叔满满当当点了一桌子菜，有清蒸桂鱼、甲鱼煲汤等上档次的菜，有油炸鸡腿、时鲜菜蔬等普通菜，也有干巴菌、鸡枞菌之类的拓城本地名菜，看上去都很可口。

自始至终，叔叔阿姨们都在亲切地交谈着。

看来，这些老人都是取得过一定成绩的人，有的当过领导，有的曾是高管，有的当过总工程师。

尽管他们脸上刻着岁月之痕和沧桑，但谈起话来却是谈笑风生、热情洋溢。

他们谈着大学时的趣事，谈着当年的笑话，谈着同学，谈着老师，谈着学校。

听他们说，他们学校是全国八大重点工科大学之一，很有名的，只有尖子生才能考得上。学校的教学区很大，有藏书丰富的图书馆；有大面积森林；有假山；有小桥流水；有莲花盛开的池塘；森林四周是苍松掩映的教学楼……

他们常去的地方是那大面积的青草茂盛、遮天蔽日的森林，在那里学习，在那里谈情说爱。

晚饭后，他们进行的项目是到校外散步，有时也爬上高高的一号楼，在黄昏里看西边飞机的起和落……

他们兴高采烈地畅谈了一会儿，胡叔叔把话题转到了我老爸这里。

“姜越云，你还认得我吗？你最近好吗？”胡叔叔怕他听不见，嗓门喊得不低。

老爸想了一会儿：“不知道，我不认识你。”

胡叔叔指着别人问：“他是谁？”

“认不得。”

“她是谁呀?”

“不知道。”

“我们都是你的同学!”

“什么时候的同学?”

“大学时候的!”

老爸绞尽脑汁地想了好长时间，说：“不知道，我不认识你们。”

胡叔叔没辙，干脆用手指着我问：“他是谁?你身边的这个人是谁?”

老爸说：“不知道……可能是我们家的保姆。”

老人们哄堂大笑，笑后是沉默和寂静。

我心里不是滋味，很为老爸的病难过。

对同学们的笑，老父亲如堕五里雾中，不知所以。

老人们边说话边高兴地品尝着眼前的佳肴，并不住地给我老爸夹菜。

老爸在不停地吃着。

摆着菜品的有机玻璃小圆板慢慢转动着，一切都在按部就班地进行。

没想到的是，后来，老爸却出现了反常的动作。

当小圆板慢慢旋转到某一方位时，刚刚上来的一大盘金闪闪黄酥酥，还冒着热气的油炸鸡腿呈现在老爸面前。这时，他的双眸倏地就闪出亮光来。这亮光在他眼里闪动着，久久没有退去。两个眼珠还一动不动地盯住那盘美味不放。

紧接着，老爸就用手开始抓起那盘油炸鸡腿来。开头，先抓起两只迅速地放进右边的衣袋。很快，又抓了三只放入左边的衣袋。这样，盘里的鸡腿就少了三分之一了。当时，老爸的手和衣服上都沾了不少的油。虽然挺烫的，老爸仍龇牙咧嘴不遗余力地坚持着。嘴里还不停地说着一句话："我儿子爱吃油炸鸡腿，我儿子最爱吃这个！"

看到这个场面，老人们的心里很不是滋味，都为我老爸难过。

我赶紧拿起餐巾纸，给父亲擦手擦衣服。

我抱着父亲说："爸爸，我就是您的儿子，儿子就在您的面前啊！"

老爸小声地说："不是，你不是。"

看到眼前的一切，母亲早逝后，老爸风里来雨里去把我养大成人，帮我成家立业的画面又一幕幕闪现在了我的面前。

我的眼睛湿润了，模糊了。

我极力控制着，不让泪水流出来。

可是终于没忍住，眼泪泉一样流在我的面颊上，接着又浸湿了老爸前胸的一片衣襟……

那些花儿

一生的学习生活中，我印象最深的是高中，就是我们的县一中。县一中是所名校，高中生活虽距现在五十多年了，但那时的情景仍历历在目。

高我一届的二班有个女生很漂亮，高挑的个儿，粉红的脸蛋，黑亮浓密的短发，常穿的是件月白色上衣，很具清新学生的气质。当时，她是班上的尖子生。她的出身不好，出身不好的人能考取初中已属稀少，被高中录取更属罕见。或许是录取机构的人被她的成绩震动了吧？她是我高小时的校友，初中不在一校，高中又为校友，所以，我对她的情况略知一二。高小时她留一条长长的粗辫子，点上小油灯常常学习到深夜。高中时，由于出身不好，班上的集体活动她总是抢在最前面，她所在的班刚好在我们班后面，通过宽大的玻璃窗，后面的事情尽收眼底。课间操开始，她第一个冲出教室；老师喊大家到教室外边翻晒青草（同学勤工俭学割的青草），她第一个冲到外边干活……

由于学习好，学校选了她跟另外几人参加了全省的数学竞赛。当时的竞赛题很难，得零分者不在少数。据说，她以八十四分的高分荣获全省第一，而名列第二的成绩仅为五十分。

即便这样，她的大学梦也是命悬一线的。为了能被大学录取，她使出了撒手锏，听说她跟父亲大吵了一架后宣布脱离父女关系。

后来她是考上了大学，不过，像她这种能稳进清华门的人，结果只走进了省内一所二流大学的大门……

我们班有个女生，学习一般，但体育好。尤其是短跑，成绩特别突出。校运动会，班上肯定选她参加，枪一响，她总会像离弦的箭往前“飞”出去，直到撞线。说来也是天意，其他班也有一个厉害女生，两人难分高下。于是同学们就觉得更有看头，看时心跳都会加快。枪响前，全场鸦雀无声，空气凝固。“砰!”两人抢跑，“砰!”两人又抢跑。常常是第三枪才能正式开始。两人如同脱兔，直奔前方而去。观众无不屏住呼吸……

她不光体育好，歌唱得也棒。她是一个镇上的人，年长我们几岁，又爱唱歌，所以她会的歌很多。有当时的流行歌，有山东吕剧和黄梅戏。上课之余，往往是戏、歌不离口。

那时我们学习都很努力，夜里学校关闭教室电灯后，我们仍到路灯下看书，或点上小煤油灯学习。老师教得也很努力，大冬天常常教得满头大汗，不得不把棉衣脱下来。每次考试，我的成绩总是名列前茅。那时的我对未来充满了激情，学校在我的心里是如此的可爱。

我们学校在县城北边的山坡上。一条公路正好从学校穿过。路西是教学区，路东是生活区，全是红砖红瓦。教学区是一排一排的教室，生活区是一排一排的宿舍。全是连排平房。教室的连排平房与连排平房之间，生长着一排一排青绿的白杨树和一池一池怒放的鲜花。微风吹来，在纯净的蓝天和白云之下，在一排一排的红屋与红屋之间，树叶哗哗，鲜花摇曳，我们就学习和生活在那里。我们的激情、我们的向往、我们的追求、我们的梦想就在那里。

那时，无论女生和男生都有用书签的习惯。当时的书签种类很多，有长方形的，有树叶状的，有蝴蝶样的。这些书签的造型和色彩很生动很可人，上面还会散发出扑鼻的香气，很能触动青年人的情怀，看见它们就会令人生出无限的激情。我们把它们夹在书页里，书外还耷拉着书签上的彩色小丝带……

现在想起当年书页里的书签，想起夹在书里的花与叶的标本和加印在书页里的鲜花的印迹，心情还都会激动不已……

那时，我们的学习很紧张，但也有忙里偷闲偷偷摸摸谈恋爱的同学。年龄较大的农村同学在高中阶段也有跟乡下姑娘结婚的。我们班就有一位二十四岁回家结婚的男生，记得他刚回来的那天晚上，在男生宿舍里（全班男生住一个大宿舍），男生们还围着他津津有味地听他讲甜如蜜的爱情故事。有位男老师是南方人。他会吃青蛙，我们都很惊奇。我们班宿舍东边是学校的菜地，再往东是农村的庄稼地，在庄稼地和菜地之间是一条小河。夜晚，有时我们就跟着他逮青蛙。他教我们用手电筒照青蛙的眼睛就可以逮住它的方法。在他宿舍里，他请我们吃炒好的剁青蛙炒剁辣椒，果真香美无比……

高考结束了，就要分别了，我们几个朋友一样的男女同学，身着新换的干净衣裳，朝气勃勃、情意浓浓地到学校后面的山顶上去玩。那里有几块很大的白石，我们或坐在青草地上，或坐于大白石上。我们畅谈着人生，畅谈着未来，共叙同学情谊，我们眺望着祖国的青山与大地，眺望着山后的村落与树林。我们激情满怀……

十年过去了；

五十年过去了。

亲爱的同学们，现在的你们都在什么地方？你们还记得教室前的那些花儿吗？

手机号码

金艺是一位作家。

那天他到拓城冷冻厂去，想收集一点素材，然后写篇短篇小说。

他在那里遇到了一件事情。

这个冷冻厂是Y省唯一一家大型冷冻厂，它承担着全省冷冻产品供货任务。

金艺进得厂内，立刻就被眼前繁忙的景象吸引住了。

工厂很大，前面是个大型停车场，工厂的四周是环绕一圈的两层小楼，后边是个有水池、花草绿树的花园式院落，被私人老板承包了的工厂办公室仍设于其间。

高大的冷库虽然很有些年头了，白墙皮也现出了脱落，但仍掩盖不住其恢宏高阔的气势。

冷库外四周的高台下，货车、小面包车密密麻麻，高台上，小推车、人工三轮杂乱无章地熙来攘往，人车川流不息。

这个忙乱场面，用车水马龙、喧天动地来形容一点也不过分。

这时，高台下一个刚下班的工人小伙引起了金艺的注意。

小伙子身着灰黄色工作服，皮肤白净，一头乌黑闪亮的头发，展现着年轻人的蓬勃朝气。

该小伙跟其他相貌平平，毛糙、不沉稳的人不同，他沉稳、帅气，像有些文化的样子。

金艺感到，这样的农民工可能会有一些与众不同的故事。

金艺从高台上走下来，决定跟他接近。

交谈中，见四十多岁的金艺如此博学多才，文气中又透着帅气，小伙子就有些想跟这个人交成朋友了。

两人侃侃而谈。他们时而高谈阔论，时而慢慢叙说，时而放声大笑。

作家想从中聊出素材，农民工想聊出友谊和情感。

通过聊天，金艺知道了对方的大概情况：小伙子名叫辛小兵，农村的父母既没钱又没关系，在老乡引领下就到拓城冷冻厂当了搬运工。

这一中一青聊得很投机。

金艺甚至被对方邀请到城中村农民工宿舍去玩。

但是，离开小伙子宿舍的时候，问题就出现了。

“你的手机号码？”两人来到院子大门外时，小伙子向金艺说了这么一句话。

这是一句很普通很正常的话语，再正常不过了。可这句话却难住了金艺，他并没有打算跟对方交朋友。

“噢……”金艺矜持了一下，说，“我记一下你的手机号吧。”

金艺从包里取出笔纸。小伙子兴奋地说出自己的手机号码来。

几天过去，金艺有两个细节想再问一下这个小搬运工，他找到对方的电话号码。

“喂，你好，我们在电话里聊一下好吗？我是那天……”

“好的好的！”小伙子显得很兴奋。

聊天结束，农民工问了这样一个问题，是金艺没有料想到的。

“请问这是你家的电话吗?”

“不，不是……”金艺很有些尴尬，“噢，不是，我用的是街上的公用电话……”

第二次又需“聊天”时，金艺又找到了辛小兵的手机号码。然后又走到街上的公用电话处。

末了，小伙子又问了那个令金艺尴尬的问题……

他们一共通过三次电话。

到第四次需要通电话时，电话里就出现了状况。电话里说“您所拨打的电话已停机”。

接着再拨，电话里传来的仍是那句话……

人真是一个奇怪的动物——越是联系不上就越是想念起这个人来。

这段时间，金艺就常常想起辛小兵的样子来：白白的皮肤，乌黑的头发，闪光的眼睛，帅气的外貌……有时还看到辛小兵的眼睛正满怀希望地看着他。这明亮的渴盼的眼神深深地刺痛了他的心。金艺决定马上到冷冻厂去找辛小兵，告诉他很愿意跟他交朋友，并把手机号码告诉他——是啊，作家为什么就不能跟农民工交朋友呢?

金艺过大街走小巷，不多会儿就到了拓城冷冻厂大门口。

他想很快地找到辛小兵。他眼前甚至幻化出几种场景来：一是小伙子正穿着灰黄色工作服在冷库外高台上忙着拉货；二是身穿旧军大衣的辛小兵在冷库深处正装着海鲜、鸡翅；三是他正坐在手推三轮车上跟工友打趣、聊天……

然而遗憾的是这三种场景均未出现。

金艺走到冷库外的走廊（高台）上，到处都未见到辛小兵，却老远发现了辛小兵的三个老乡。

老乡们告诉他，小兵两个月前出了一次事故，在送往医院的路上就……

一个老乡含着泪说，那天，一辆三轮车正装走廊下大货车的货，两包海产品重重地砸在三轮车箱的前部，翘起的三轮车猛地往后冲去，正好把推着空车的辛小兵挤到了冷库的水泥墙上……

时间都过去半年多了，可金艺仍未能完全从事情的阴影里走出来，时不时地，他就会觉得辛小兵的影子在眼前晃动……

同　志

一天，赵老倌带着老伴下馆子吃米线。

赵老倌安顿老伴坐下，把手里拎着的旧提兜交给老伴，就到柜台买小票。

老赵对女售票员说："小姐，我买……"

女售票员立刻打断他："请您不要喊我小姐。"

老赵说："请问你结过婚没有啊？"

售票员红了一下脸，笑着说："没有啊！怎么？……"

赵老倌说："对呀，你没完婚就是小姐，怎么就不能叫呀？"

女售票员又笑了一下，说："我们店有规定，不叫小姐，叫同志。"

老赵买了一碗汤米线和一碗卤饵丝，外加一小碟麻辣藕片。服务生把饭菜端上来，老赵正要享用的时候，老伴问他："刚才你跟售票员聊什么啊？津津有味的。可是她看上你了？"

赵老倌说："你胡说什么呀！人家一个小姑娘，能瞧上我呀？"

"那你们黏黏糊糊的，都聊些什么呀？"

"她不让我叫她小姐！"

"那叫她什么呀？叫阿姨吗？"丈夫还没答话，她就先哈哈大笑起来。

赵老倌说："你乱说什么啊，人家还是个黄花闺女呢！"

"那咋个不让叫小姐啊？"

“她让叫她同志！”

“哎哟，天啊，人不大倒挺古板，都什么年代了啊！”

老赵说：“谁说不是呢？”

老伴说：“你叫了没有啊？”

赵老倌说：“那得叫啊，人家说是她们店的规定。”

老伴说：“什么年月了，还叫同志，怪不得客人不多呢！”

过了一段时间，老两口上街办事，赵老倌带着老伴又拐进了这家餐馆，他们说，感觉这里的菜品还过得去，量也可以。

那天，他们要了一碗豆花米线、一碗小锅米线和一盘凉拌豆腐丝。老伴说想吃豆花米线。

这回端来米线和小菜的是那个女售票员。

赵老倌说：“小……噢，小同志，你还亲自动手呀？”

女售票员笑嘻嘻地说：“同志，这没什么。没事了，我也会抹抹桌子，端端煮品和小菜。”

老赵又说：“同志，多久不叫了，初叫还真有些不习惯。”

售票员说：“同志，您这把年纪了，应该很习惯才对呀！”

赵老倌说：“当年都是叫同志的，叫得很习惯，很自然，很亲切，后来叫先生小姐，就觉得不顺溜。”

“那后来呢？”女售票员问。

“后来人家咋着咱咋着，随大溜呗！”

坐在旁边的老伴这时也不甘寂寞，插话道：“你们店的生意怪不得冷清，怕是喊同志喊得吧？”

赵老倌紧跟上：“我也怀疑这个，人们怕不习惯！”

退休的赵老倌返回乡下老家住了大半年。回拓城后，当天下午就带上老婆到那个馆子去吃米线。

令他没想到的是，馆子里已人满为患。嘈杂声不断撞击着他的耳膜，排队买票的人已排到了店门口。这时，女售票员突然喊叫起他来：“同志，您来吃米线啊，怎么好久不见您了呀?”

“我们到老家过了大半年，今天下午刚刚回来!”

小事一桩

一天，小妹到我家来玩，小妹来家玩，当然是件平常的事。老人不在了，姊妹之间常常走动一下，增近一下感情，也能增加一些邦邦硬钢筋水泥城中减退了不少的人间温暖。这自然也是已故二老的愿望。

小妹今年四十有七。我爹妈生有三男三女，小妹最小，排行老六。

对小妹的到来，我和老公都挺高兴，我们三个人谈谈天说说地，谈谈家长里短，侃侃国内外的新鲜事，不时地嘬口茶水，其乐融融的，很是开心，有时谈到兴致高时，还会哈哈大笑，手舞足蹈。

正是这开怀畅谈，加上双手的比画，发生了下面的事情。

当时我讲了一个骑自行车翻跟斗的事情。我对小妹说，我跟你二姐夫在一斜坡处正待过马路，一个骑单车的小伙子从高处往前冲，正巧遇一小孩便只好急刹，这一急刹不要紧，竟然在我们面前来了个三百六十度的大旋转，而且旋转后竟原封不动地人仍然骑在自行车上，我想，连杂技演员也很难做到吧！小伙子当时都惊住了，他见竟没摔倒，就又后怕又好笑地嘿嘿两声骑走了。

故事讲完时，小妹笑得前仰后合了。就是在这大笑中，一不小心她的一只手把音响箱上的相框碰了下来。

相框是我儿子的一张很英俊的大照片的拼图，用了好大功夫才拼贴完。好在相框是全塑料的，盖面也是塑料，从小妹肩上滑落，掉地后并未摔坏。

出这种事其实并没什么，但小妹内疚，我们便不停地安慰她。

我和老公都说，没什么小妹，这种事难免。

我拿起相框到处看了一下，又说道，小妹，你看，相框完好无缺，毫发未损，真的没什么。

吃饭时间到了。

在我的操持和忙活中，一桌丰盛的饭菜呈现在了三人的面前。

吃饭时自然又免不了有说有笑。

不过，小妹的话似乎少了一些。

对这点我和老公当时也未太在意。

十几分钟后，小妹的一句话却令我和老公都感到始料未及。

小妹笑着说道："二姐，刚才相框掉下时你们怎么都没问问我砸疼没有？"

是的，当小妹这话一出口，我和老公好像都意识到了什么。

是啊！怎么就……

鬼迷心窍

这人世间最难处的莫过于婆媳。换言之，世上婆媳之间最不好处。古之是之，今之是之。

你瞧，这婆媳俩就顶上了。

起因是这样的：

小夫妻俩在欢天喜地的心情和亲友们的祝贺声中结婚了，结婚才一个月，妻子就怀孕了。

可怀了两个月娃娃却掉了。原因也很简单，就是妻子不小心摔了一跤，孩子就给摔掉了。

按说，这也是时有发生的事，也没什么可大惊小怪的。

但婆婆却不得了了。

婆婆说，你看你怀一个娃娃多喜庆，我们天天盼着，你倒好，就给我摔掉了！

你怎么就不小心呢？

你怎么就摔跤了？

你怎么就给我摔掉了？

媳妇是个倔脾气。

媳妇说，怎么就不能不小心？

怎么就不能摔跤？

怎么就不能摔掉？

婆婆说，掉就掉了，我也不追究你！

你赶快再给我怀上!

媳妇说，什么叫你也不追究我?

什么叫赶快再给你怀上?

我就偏不给你怀!

两人就摽上了。

开头，媳妇吃避孕药。每到睡觉前她就赶紧把避孕药偷偷吃进去。

这样两年过去了，三年过去了。

妻子当然不可能怀上。

有一天，丈夫终于发现了妻子的秘密。丈夫气得双眼冒火，动手狠狠将妻子教训了一顿，命令她一个月内怀孕。

无奈女人是个性子倔的人，婆婆越给脸色看，越催她，她就越不听。

不能吃药不要紧，我就到医院去放避孕环。

女人瞒着丈夫还真就走进医院放了避孕环。

时间过得飞快。

转眼就三年过去了，很快又三年过去了。

妻子的肚子仍不见动静。

晚上丈夫问妻子怎么回事。

妻子说，我怎么知道，人都说刮过宫的人不容易怀孕。

可惜岁月不饶人。

女人一晃就到了三十九岁的年纪。

三十九岁的她想怀孕了。

她偷偷走进医院，请医生把避孕环取出。

然而遗憾的是，到四十一岁，仍无妊娠迹象。

这下女人慌了神。

经丈夫同意，夫妻俩去医院人工受孕，也就是人们所说的试管婴儿。

更令人遗憾的是，半年过去了，人工受孕宣告失败。

夫妻俩沮丧地问医生是怎么回事。

医生惋惜地对他们说，看来全是在这个“年龄”上了。

出了医院，妻子后悔地对老公说，我这辈子真的是鬼迷心窍了。

王月英

林翠华正在院子里用玉米喂鸡，屋里的电话猛然间响起来。

“喂，您是王月英的母亲吗？我是王月英的大学同学。”

“是的，有什么事吗？”

“阿姨，我本来不想打电话的，怕您生气，但是王月英她……”

“王月英怎么了？”林翠华急急地问。

“她不好好学习，整天还往外跑……”

林翠华放下听筒，立刻给女儿打电话。

那头的王月英一直都不吱声，后来才说：“妈，你别管我，我有事……”

“小熊妮子……”林翠华搁下电话，在心里这样狠狠地骂了一句。

林翠华又能怎么样呢？丈夫死得早，大女儿又嫁到了外村。村子到北京那么远，家里的事情也放不开，她根本不可能到女儿的学校去。

“熊闺女！”一天到晚，林翠华只能在心里这样骂上几句，以发泄心中的愤懑。

假期回来，林翠华问女儿，女儿总是不语，问急了，王月英则说，哎呀，到时候给你拿个毕业证回来不就行了嘛！母亲说：“要是拿不到呢？”这时的王月英就还是用不语来回答。

大四上学期，王月英的女同学又给林翠华来电话：“阿姨，大家都在忙着找工作，可王月英说，她不去找。她不是待在宿舍就是到校外去，晚上还经常夜不归宿……”

林翠华就又给王月英打电话。

当妈的说：“小熊妮子，妈供你上学，你现在不光不去找工作，听说你还夜不归宿……你对得起你妈吗？你给我死回来算了！”

王月英说：“我在宿舍是看书！”

“不在宿舍的时候呢？你出校门以后到什么地方去了？晚上你到哪里玩儿去了？”

看来林翠华气得很厉害，拿话筒的手抖得不行。

七月初王月英回家了，一进家门就喊道：“妈——我回来了！我拿到毕业证了！”好像跟老母亲从未发生过矛盾似的。

林翠华说：“怕是抄及格的吧！”

“谁说的，我是凭本事自己考的。不过分数都不大高，可也都到六十分以上了嘛！”

见到女儿的毕业证，林翠华也没有多高兴，只是说：“现在的大学文凭有什么稀罕，找到工作才算数，你找到单位了吗？过几天你去哪里上班？”

面对林翠华的责难和讽刺，王月英却只是哧哧地笑。

这很让林翠华不明就里。

林翠华说：“你还笑，以后有你哭的时候，明天你给我找工作去！”

第二天，王月英不光没去找工作，反而趁母亲走亲戚之际，到镇上买来一些菜肉，做了一桌子饭菜招待几个乡亲。林翠华傍晚回来，见此情况就气不打一处来。等了解了情况后更是气得不行，她一抬手就把桌子掀翻在地上，桌上的饭菜碟碗就哗啦啦都滚落到了地上。原来，王月英想用低价向他们买地种葡萄，所以才请他们来吃顿饭。

虽然林翠华在床上躺了两天没出门，王月英还是一边炒菜做饭伺候母亲，一边仍开展葡萄园的“地下”工作。

原来，同学们不知道，从大三开始，王月英就常去市图书馆翻阅有关葡萄种植的书籍，大四上学期，她又常常在外边打工筹集资金……

葡萄园的种植工作正式开始了。

王月英先请小工翻地、平整，继而把从外地购来的葡萄苗种下。在施肥、浇水等管理上，王月英用从书本上和京郊大型现代葡萄园学来的知识进行，树苗长得又好又快。

三年后，王月英的葡萄树已挂了不少的葡萄，鲜绿的叶梗间葡萄闪动着光芒。

王月英先在省电视台做了广告，又给一些客户和朋友打电话，由于选的是好品种，葡萄的香甜味特别浓，来订货的人络绎不绝，当年就有了不小的盈余。翌年挂果更旺，盈利更丰。

不久，王月英的事儿还上了省报。后来，她又贷款办了个现代化葡萄酒厂。一时间，王月英竟成了省内的知名人物。

这时的林翠华再也不埋怨女儿了，见了人，她总是忍不住夸：“小熊妮子，想不到她还有两下子……”